ro
ro
ro

Max Goldt, geboren 1958 in Göttingen, lebt in Berlin. Seine Werke werden bei Rowohlt verlegt; zuletzt sind erschienen sein erstes Bilderbuch, «Gattin aus Holzabfällen», sowie die Prosabände «QQ» und «Vom Zauber des seitlich dran Vorbeigehens». 2008 wurde Max Goldt mit dem Kleist-Preis ausgezeichnet und danach, was ihn fast noch mehr freute, mehrfach von diversen Mitgliedern der ungewöhnlich guten Musikgruppe «Erdmöbel» gelobt.

MAX GOLDT

EIN BUCH NAMENS ZIMBO

TEXTE
2007–2008
EINER VON
2006
VIER VON
2009

ROWOHLT TASCHENBUCH VERLAG

2011

Inhalt

Die Schöneberger Gräberin 7
Im Visier von Pakistan und Texas 14
Staat, misch dich ein! Es wird auch dir nützen 23
Die fünf Redner 31
Sehr wenig vom Glück 40
Sodbrennen statt Snobismus, ich meine umgekehrt 47
Das Paradox und seine nimmermüde Volkstümlichkeit 55
Feichte Brott 62
Mein preußischer Nachmittag 69
Das Alter und die teure Stadt 79
Ein bißchen mehr Bedeutung wäre manchmal schön .. 86
Die 22 Tasten 95
Kleiner Diskurs über kleines Gepäck 100
Rede des erbleichenden Dreisten 110
Ist Zsá Zsá Inci Bürkles Mutter etwa eine Milf? 117
Lippen abwischen und lächeln 126
Kleine grammatische Notiz 134
Gastronomisches 2 136
Warum wird die junge Frau geschont? 148
Das Loch 158
King Kong in Flip-Flops 165
Oh doch! 173
Unsere traurige technische Zukunft:
Lupen und Taschenlampen 179
Kleistpreis-Rede 185

Die Schöneberger Gräberin

Als ich an einem sonnigen Herbsttag das Bedürfnis verspürte, mich ein, zwei Stunden an der frischen Luft aufzuhalten, verfiel ich auf die Idee, mir einmal die Grabstätte der Gebrüder Grimm auf dem Alten St.-Matthäus-Kirchhof in Berlin-Schöneberg anzusehen, und zwar aus dem einfachen Grunde, daß ich schon so viele Jahre in dieser Stadt gelebt und mir noch nie die Grimmsche Begräbnisstätte angesehen habe. Schließlich kann man nicht immer nur den eigenen Block umrunden, wenn einen die Sonne ins Freie lockt, d.h., man kann natürlich schon! Nicht wenige Hundehalter tun ja genau das: immer um den Block rum, immer wieder um den Block rum – ich bekäme die Brummkreiselkrankheit, hätte ich einen Hund. Andere lassen ihre Hunde freilich auch in Parkanlagen herumrasen, welche dadurch für Nichthundehalter, die der städtischen Hektik für einen Moment entfliehen wollen, quasi unbenutzbar werden – aber das ist halb so schlimm, gibt es doch in Berlin die vielen herrlichen historischen Friedhöfe, auf denen man in zivilisiertester Ruhe seine kontemplativen Gänge antreten kann.

Grundsätzlich allerdings sind Friedhöfe für solche Zwecke nicht überall gleichermaßen gut geeignet. Vor kurzem besuchte ich etwa in einer niederbayrischen Kleinstadt einen ganz fürchterlichen Friedhof. Fürchterlich schon deshalb, weil dort der Brauch gepflegt wird, Grabsteine mit Fotos der Verblichenen zu versehen. Man kann sich kaum ausmalen, mit was für Fotos. Zwar läßt sich von einem simplen Landmenschen nicht erwarten, daß er für sein Grabsteinfoto einen internationalen Starfotografen beauftragt, doch er könnte doch wenigstens beizeiten in seiner kleinen Fußgängerzone zum Fotoladen gehen und sich einigermaßen repräsentativ in Szene setzen lassen. Macht aber keiner! Statt dessen lassen sie, wenn es zu spät ist, ihre Angehörigen in der Schublade wühlen. «Hier ist ein Bild, wo der Theresia der Mund offensteht, und hier ist eines, auf dem sie die Augen zuhat. Welches tun wir auf den Grabstein? Ach, ich sehe, hier ist noch ein drittes, wo sie die Augen zu und den Mund offenstehen hat! Damit sollte allen Bedürfnissen Rechnung getragen sein.» Angenehme Gänge lassen sich auf einem Friedhof, wo man allseits von ungeschönten Privatfoto-Kreaturen angegafft wird, nicht unternehmen. Man fühlt sich wie in einem Mahnpark der Indiskretion, in dem rohe, undankbare Nachfahren ihre offensichtlich nicht ohne Grund so genannte «buckelige Verwandtschaft» zur Schau stellen. Ein Ort, an dem man nichts zu suchen hat und den man rasch verlassen sollte.

Viel angenehmer ist es auf dem Alten St.-Matthäus-Kirchhof, auf dem sich ein lustiges Friedhofscafé befindet, dessen bloße Existenz vielen als «schrill» gilt, weshalb es auch in Reiseführern namens «Berlin von hinten» aufgeführt wird. Der Berliner Bezirk Schöneberg blickt auf eine lange und gute Tradition zurück, was die Beherbergung und Unterhaltung sexuell von der Norm abweichender Menschen anbetrifft, d. h., er hat insbesondere in der Zeit vor dem Mauerfall eine gewisse gesamtwestdeutsche Sammelbeckenfunktion innegehabt. Auf dem St.-Matthäus-Kirchhof liegt deshalb die eine oder andere der sogenannten «Politschwestern» begraben, die im West-Berlin der achtziger Jahre als Aktivisten tätig waren. Ich bemerke gerade, wie historisch selbst schon der Begriff «Politschwestern» klingt.

Jüngere Menschen nehmen vermutlich an, das seien feministische Kämpferinnen gewesen. Nein, so bezeichneten einander Männer, die sich, teils häufig, teils nur hin und wieder, teils zum Zweck der emanzipatorischen Provokation, teils aus schlichter Freude an der Grellheit, in Frauenkleider steckten, ohne unbedingt tatsächliche transvestitische Neigungen zu haben. Oder waren das die «Fummeltrinen», und «Politschwestern» nannten sich die, welche lediglich den homosexuellen Zweig der links-alternativen Bewegung darstellten? Es ist so lange her – ich weiß es gar nicht mehr genau. Auf jeden Fall: Der St.-Matthäus-Kirchhof ist ein Ort mit einem gewissen, nunmehr schon ziemlich nostalgischen schwul-alternativen Touch und auch eine Stätte der Aids-Solidarität. Einen «Szene-Friedhof» muß man ihn deshalb noch lange nicht nennen; sein eigentlicher claim to fame sind einige gründerzeitliche Prachtgrüfte von Bankiers- und Industriellenfamilien sowie die Grabmale mehrerer Berühmtheiten.

Wie ich nun also auf der Suche nach der Grimmschen Ruhestätte über das Anwesen streifte, wurde meine Aufmerksamkeit von einer eigenartigen Person angezogen, die sich hektisch und, wie mir schien, sogar ein wenig wütend mit einem Spaten an einer Grabstelle zu schaffen machte. Es handelte sich ganz offensichtlich nicht um einen Friedhofsmitarbeiter. Über die Geschlechtszugehörigkeit der grabenden, etwa sechzigjährigen, großen und kräftigen Person war ich mir durchaus unsicher; zwar hatte sie auf dem Kopf nichts als einen schütteren Altherrenhaarkranz, doch gebot sie auch über ein Paar üppiger Brüste. Man mag – und sollte sogar! – einwenden, daß es vollkommen unangebracht ist, sich über die Brüste von Friedhofsbesuchern zu äußern. Diese Auffassung teile ich uneingeschränkt. Man muß mir glauben, daß ich nicht zu den Leuten gehöre, die auf Friedhöfe gehen, um sich erotische Anregungen zu verschaffen. Dennoch war es in dieser speziellen Situation fast unmöglich, das Körperliche unbemerkt zu lassen, denn die Person, ich nenne sie von nun an einfach Frau, war mit nichts als einem knielangen Jeansrock bekleidet. Jeansjacke, Bluse und BH hatte sie recht ordentlich auf dem Grabstein der von ihr beackerten Parzelle abgelegt.

Ich kenne Leute, die keine Scheu gehabt hätten, auf die Gräberin zuzugehen und zu fragen: «Entschuldigung, würden Sie mir wohl die Frage erlauben, warum

Sie hier ‹oben ohne› herumgraben?», war allerdings froh, daß ich diese scheulosen Leute in jenem Moment nicht bei mir hatte, denn ich glaube, die Frau hätte nicht sehr nett reagiert. Sie machte einen ganz und gar unzugänglichen, ja explosiven Eindruck. Einige Minuten schlich ich in einem Abstand von etwa zehn Metern um mein Erlebnis herum und versuchte unauffällig, also aus der Hüfte heraus, ein paar Fotos zu machen, die jedoch samt und sonders nichts geworden sind. Ich überlegte, ob es nicht meine Pflicht wäre, jemanden zu benachrichtigen. Es kann doch nicht einfach jede verwirrte Transgender-Exhibitionistin Knochen ausgraben und mit nach Hause nehmen! Womöglich sind es ja die Knochen der Gebrüder Grimm, die das Weib an gierige japanische Germanisten zu verkaufen beabsichtigt? Aber an wen sich wenden? Wen alarmieren? Die Polizei? Was für Reaktionen würde einer ernten, der ins Telefon krähte: «Kommen Sie schnell! Da ist eine Rentnerin, die barbusig – und das heißt ja wohl: ohne offiziellen Auftrag – die Gebrüder Grimm exhumiert!» Hätte ich hingegen jemanden von der Friedhofsverwaltung angesprochen, wäre mir vielleicht erwidert worden: «Na, hören Sie mal! Schöneberg blickt auf eine uralte Tradition der Toleranz zurück! Haben Sie damit etwa ein Problem?»

Ich sagte also niemandem Bescheid, setzte mich stattdessen in das als «schrill» bekannte Friedhofscafé, bestellte ein Stück Kuchen und machte mir beschwichtigende Gedanken:

So ist das eben, wenn man nicht in Klein-Kleckersdorf wohnt! In einer Großstadt kommt man gar nicht umhin, dieses oder jenes zu erleben! Wer das nicht aushält, soll halt immerfort um sein Carré kreisen wie so ein lebendig entschlafener Hundehalter! Soll man wegen jedem Kinkerlitzchen Zeter und Mordio schreien? Und überhaupt: Knochen! An Knochen besteht ja wohl kein Mangel auf der Welt. Ist doch eigentlich egal, ob sie friedlich zerbröseln oder japanischen Deutschlandliebhabern als Bürodekoration dienen. Die Gebrüder Grimm jedenfalls werden auch bei allerheftigst gestörter Totenruhe allein schon durch die Kraft ihres Werkes immer überleben.

Der Kuchen schmeckte alles andere als übelst. Im übrigen mußte jedem, der von der Dramatik seiner Phantasien auch mal wieder Abstand nehmen kann, klar sein, daß es nicht die Grimmsche Ruhestätte gewesen sein *konnte*, in welche die Barbusige so verbissen ihren Spaten stach, denn der Grabstein, auf dem sie den BH abgelegt hatte, war einer jener abgerundeten Marmorrhomben, die heute Standard sind.

Vermutlich war die Frau bei der Neubepflanzung irgendeines höchst privaten Grabes ins Schwitzen gekommen, und sie nahm an, es gucke gerade keiner. Hätte ich aber, nur weil sie dachte, es gucke keiner, tatsächlich nicht hingucken sollen? Nein, denn wenn man wegschaut, gibt es nur wieder einen Haufen Talkshows, deren Teilnehmer sich nicht entblöden, die Frage aufzuwerfen, ob wir eine Gesellschaft des Wegschauens oder eine des Hinschauens sind, und das zwanghafte Aufwerfen dieser dummen Frage sollte man doch, wenn man die Kraft dazu findet, hin und wieder frech vereiteln.

Im Visier von Pakistan und Texas

DIE zur Zeit dominierende veröffentlichte Meinung lautet, das mit dem Bloggen sei «so ’n bißchen vorbei», die Blog-Blase sei zwar noch nicht ganz geplatzt, aber schon so gut wie, was ich nicht glaube. Immerhin muß man jetzt nicht mehr so viele Zeitungsartikel über das Bloggen lesen wie noch vor ein, zwei Jahren und wird mit affigen Ausdrücken wie «Blogosphäre» verschont. Im Gegensatz zu journalistischen Texten über das Bloggen habe ich den einen oder anderen Blog immer recht gern gelesen. Ich möchte mir erlauben, im Verlauf der folgenden Zeilen auf mein liebstes Netztagebuch hinzuweisen; es heißt «German Joys» und wird von einem Ausländer verfaßt, den es beruflich nach Düsseldorf verschlagen hat. Um was für eine Art von Ausländer es sich genau handelt, dazu später.

Was Expatriats über Deutsches zu sagen haben, ist im Prinzip immer interessant. Zwar lügen sie meist, aus Höflichkeit, und bisweilen sind sie auch dumm und kriegen nicht viel mit, aber einige sind klug und bemerken die richtigen Dinge. Vor kurzem war von einem pakistanischen Ethnologen zu lesen, der Deutschland zum Gegenstand seiner Forschung erkoren hat. Ihm ist z. B. aufgefallen, daß Deutsche einander oft knapp und wenig herzlich begrüßen, für die Verabschiedung dafür um so länger benötigen. Vom knappen Begrüßen ausgenommen seien lediglich Hunde. Er berichtet von Hausbesuchen, in denen Frauen sich auf den Teppich knieten, um den Hund des Gastgebers zu umarmen und ausgiebig zu massieren. Hin und wieder würden diese Hundebegrüßungen in minutenlange Balgereien ausarten.

Man kann nun nicht sagen, daß der Ethnologe lediglich einen kuriosen Einzelfall beschrieben hat. Jeder, der einigermaßen umfängliche soziale Kontakte pflegt, wird ähnlichen häuslichen Szenen schon beigewohnt haben. Trotzdem ist es eine unbehagliche Vorstellung, daß der Wissenschaftler jetzt evtl. in pakistanischen Talkshows sitzt und verlauten läßt, Deutsche würden sich dadurch auszeichnen, daß sie sich mit Hunden auf der Auslegeware wälzten. Schließlich gibt es nur in elf Prozent der hiesigen Haushalte einen Hund. Die Bewohner der übrigen 89 Prozent haben sich allerdings fast ausnahmslos Duldsamkeit gegenüber den Hundehaltern auferlegt, und selbst diejenigen, die ausschweifende Hundebegrüßungen für befremdlich halten, üben, vermutlich aus Angst, angeschrien zu werden, niemals Kritik, sondern pflegen solche Vorkommnisse mit angestrengter Gnädigkeit zu belächeln. Das Gewälze mit Hunden, mehr von Frauen als von Männern ausgeübt, erklärt sich zum Teil aus unseren «praktischen» Bekleidungsbräuchen: Deutsche Frauen tragen zumeist amerikanische Arbeiterhosen (Jeans) und modifizierte Männerunterhemden (T-Shirts), die zum handfesten Begrüßen von fettigen Tieren mehr einladen als zum

Beispiel ein Dior-Kostüm. Daß sich gar eine Pakistanerin in einem kunstvoll gewickelten Sari auf dem Fußboden körperlichen Spielen mit einem Hund hingibt, ist völlig unvorstellbar. Wenn man es sich trotzdem vorstellt, sieht man nämlich eine ausgewickelte Dame, und es entspricht zwar europäischen Gepflogenheiten, sich ausgewickelte Damen vorzustellen, aber wahrscheinlich nicht traditionell pakistanischen.

Ziemlich schockiert war der Ethnologe übrigens über eine deutsche Bekannte, die er zum Abendessen in seine Wohnung einbestellt hatte – ob als Forschungsobjekt oder um sie auszuwickeln, ist diskreterweise nicht überliefert; man kann vermuten, daß sich bei einem Völkerforscher wissenschaftliche und private Interessen mitunter vermengen. Schockiert war er zunächst, weil die Dame ihren Hund zum Dinner mitbrachte, schließlich noch mehr, weil sie einen Topf mit Speiseresten unter den Tisch stellte, wo sich ihr haariger Begleiter geräuschvoll des Inhalts bemächtigte. Nachdem die Dame sich verabschiedet hatte, warf der Ethnologe den Topf in den Müll. Wir Deutschen sollten so freundlich sein zu hoffen, daß es kein allzu teurer Topf war.

Über die in der Tat bemerkenswerte Bereitschaft, Hunden einen Status als nicht nur ebenbürtigen, sondern privilegierten Familienmitgliedern zu gewähren, schreibt Andrew Hammel allerdings nichts, vielleicht weil es in seinem Heimatland USA nicht viel anders ist. Andrew Hammel also ist der Name des Betreibers meines Lieblingsblogs, der, wie gesagt, «German Joys» heißt und herrliches Lehrmaterial bietet für des Englischen kundige Deutsche, die ihre Heimat zur Abwechslung gern mit den Augen eines intelligenten Außenstehenden mit beeindruckend breit gefächertem Interesse betrachten wollen. Hammel ist Texaner und, soweit ich es verstanden habe, seit einigen Jahren als Jurist an der Universität Düsseldorf tätig, Interessenschwerpunkt: Todesstrafe. Damit hier nichts mißverstanden wird: Er setzt sich gegen die Todesstrafe ein. Verblüffend ist es, daß er trotz Berufstätigkeit und eines regen Reiselebens Muße findet, ein so regelmäßiges und ausführliches öffentliches Diarium zu schreiben, und das auch noch in bestens gebauten Sätzen ohne modische Sprachsaloperien und sogar fast ohne Tippfehler. Offenbar gehört er zu den beneidenswerten Autoren, die druckreif denken können und nicht nach jedem Satz erst einmal zehn Minuten rauchend und zweifelnd in der Wohnung auf ab und ab gehen müssen. Auf Privates und redundanten Meinungsausfluß über Sport ist er liebenswürdig genug, ganz zu verzichten, statt dessen gibt es allerlei Gewitztes über Politik, Kultur, Wissenschaft und das, was man in der inzwischen stark abgenutzten Kategorie «Alltag» zusammenfaßt, sowie dienliche Rubriken wie «German word of the month». Eines lautete «Sargzwang». Davon hatte ich noch nie gehört, doch als Hammel-Leser erfuhr ich, daß er in einigen Bundesländern kürzlich aufgehoben worden sei, der Sargzwang, was vor allem für Muslime von Belang ist, die ihre Verblichenen lieber in

Tücher wickeln, als sie in Holzkisten zu legen. Ich bin übrigens ein stiller Förderer unseres deutschen Sargzwanges, und ich bitte alle Menschen in Bayern, wo die gemütliche Bestimmung noch in Kraft ist, Hand in Hand mit den Sargtischlern, die doch auch weiterhin ihrem soliden und ehrbaren Handwerk nachgehen dürfen sollten, für die Beibehaltung des bayrischen Sargzwanges zu demonstrieren.

Dank gebührt Hammel auch für die Bewertung eines allgemein geläufigen, extrem ermüdenden Rituals, das ich aber nie als für Deutschland charakteristisch empfunden habe. Nach Ansicht von Hammel ist es aber typisch deutsch. Es geht um das, was man «öffentliche Debatte» nennt. Eine Person des öffentlichen Lebens, meist ein Politiker, nennen wir ihn Politiker A, sagt irgendwas, vielleicht nur bei einer Hinterzimmerversammlung eines Ortsvereins, aber es gerät an die Öffentlichkeit. Darauf meldet sich Politiker B zu Wort. Er sagt, was A gesagt habe, sei unerträglich und A daher als Person ebenfalls untragbar. Am nächsten Tag legt Politiker C nach und sagt, was A gesagt habe, sei ein beispielloser Zynismus gewesen, die einzige mögliche Konsequenz sei ein Rücktritt. Nun springt Politiker D seinem Kollegen A zur Seite und sagt, B und C würden ein sensibles Thema zu Wahlkampfzwecken mißbrauchen. Worauf sich der Bundespräsident einmischt und sagt, die Diskussion habe einen Verlauf genommen, mit dem niemand glücklich sein könne, der ein Interesse an einer sachlichen Auseinandersetzung habe. Politiker D meint darauf, der Bundespräsident solle sich mit solchen Bewertungen lieber zurückhalten. Sonst beschädige er sein Amt. Die Bundeskanzlerin weist nun Politiker D darauf hin, daß es kein guter Stil sei, den Bundespräsidenten zu maßregeln. So geht das eine gute Weile hin und her, und Zeitungen sämtlicher Güte drucken den sinnlosen Staatsklatsch wie einen Fortsetzungsroman. Nach einer Woche bricht der Roman jedoch abrupt ab, aber nicht, weil die Akteure sich allmählich lächerlich vorkommen – nein, nein, die Debatte endet, weil irgendein anderer an anderer Stelle etwas anderes gesagt hat, was ebenfalls als ungeheuerliche Entgleisung empfunden wird, so daß das gleiche Ritual mit verändertem Personal sich von vorn abspult, und sollte einmal eine Woche verstreichen, in der kein Politiker etwas «absolut Unerträgliches» sagt, wird sicher ein Bischof oder sonstwer einspringen. Welchem Zweck soll die von den Medien akribisch betriebene Dokumentation von buchstäblich jeder dieser reflexartig betriebenen, mittlerweile völlig automatisierten Etüden des Hin- und- Herkeifens bloß dienen? Es ist zu befürchten, daß es Leute gibt, die ein Desinteresse an diesem Gequassel mit Politikverdrossenheit verwechseln. Also werden wir wohl nie einen Politiker B erleben, der vor die Mikrophone tritt und spricht: «Kollege A hat zwar gerade etwas Übereifriges oder Blödes gesagt, das man nicht in Stein meißeln sollte, aber wen sollte das bekümmern, schließlich ist auch nicht alles, was ich so daherrede, durchweg erste Sahne.»

Jeder sagt doch hin und wieder dies und das. Es war kurz nach der Eröffnung des neuen Berliner Hauptbahnhofes, als ich bei mir daheim eine Handvoll Persönlichkeiten des Berufs- und Straßenlebens mit gemischten Salznüssen verwöhnte. Durch das heimelige Knuspern in polemische Laune gebracht, äußerte ich die Auffassung, dieser Hauptbahnhof sei nichts als ein weiterer armseliger Glaskasten, ein mit vierzig Jahren Verspätung in die Tat umgesetzter Jacques-Tati-Alptraum, eine überdimensionierte Shopping-Mall, die auch in Cleveland/Ohio stehen könnte – die selbst in einem langen Architektenleben seltene Gelegenheit, für eine Millionenstadt einen repräsentativen neuen Bahnhof zu bauen, hätte Albert Speer sicherlich besser genutzt. Haben meine Gäste daraufhin entrüstet meine Wohnung verlassen und gesagt, sie würden erst wieder für weitere Gespräche zur Verfügung stehen, wenn ich mich bei Meinhard von Gerkan, dem Architekten des Berliner Hauptbahnhofes, entschuldigt hätte? Haben sie nicht. Sie widmeten sich unbekümmert meinem Nußsortiment und sagten: «Jaja, was du in gehobener Geselligkeitslaune eben immer für hübsche Dinge von dir gibst!»

Es reizt mich allerdings, mir vorzustellen, ich wäre zu dieser Zeit Bundesirgendwasminister gewesen und hätte als solcher an der Bahnhofseröffnung teilnehmen müssen. Gequält von den beispiellos öden Reden, die sich Vertreter des öffentlichen Lebens bei Anlässen wie diesem anhören müssen, hätte ich vielleicht einem ntv-Reporter das ins Mikrophon gebellt, was ich bei meinem Salznußabend sagte. Am nächsten Tag wäre ein unvorteilhaftes Foto von mir auf der «Bild-Zeitung» erschienen, direkt neben einem Konterfei von Adolf Hitler. Im Fernsehen wären Parlamentarier zu sehen gewesen, die sagten, meine Äußerungen seien ein Faustschlag ins Gesicht von Millionen von NS-Opfern und ihrer Angehörigen. Ich solle mich sofort entschuldigen – bei Herrn von Gerkan, bei Charlotte Knobloch und am besten gleich noch bei sämtlichen Leuten, die im Adreßbuch von Charlotte Knobloch stehen.

An dieser Stelle hätte ich eventuell Unterstützung von einem umstrittenen Kunstprofessor bekommen, der mitteilte, in Künstler- und Intellektuellenkreisen in London oder New York, selbst in jüdischen, sei es schon lange kein gesellschaftlicher Selbstmord mehr, die Architektur des Dritten Reiches auch unter ästhetischen Gesichtspunkten zu betrachten. Diverse Popstars mit erweitertem Horizont hätten da Vorarbeit geleistet. Ein Professor, der solcherlei vorbrächte, würde natürlich ebenfalls für längere Zeit ein Dasein in der Sonderlingsecke fristen müssen, und man würde zu lesen bekommen, er habe mit seinen Äußerungen «für Empörung gesorgt». Man vergleiche die Formulierung «für Empörung sorgen» mit «für das leibliche Wohl sorgen» und «für Unterhaltung sorgen». Empörung scheint für manche Leute ein ähnliches Grundbedürfnis zu sein wie Essen, Trinken und unterhaltende Darbietungen.

Andrew Hammel aus Texas spricht den Deutschen, den privaten Deutschen zumindest, keinesfalls Gelassenheit, Witz und Sinn für Ironie ab, stört sich aber an der Anlaßgebundenheit des hiesigen Humorgeschehens sowie an der ständigen Bereitschaft, öffentliche Empörung zu zeigen, wenn es um unsere zwei, drei nationalen Reizthemen geht. Er schlägt vor, den Karneval abzuschaffen und zum Ausgleich Witz und Unverbiestertheit gleichmäßig über das Jahr zu verteilen und auch an offiziellen Stellen einzuführen. Würde er solche Vorschläge nicht in einem Blog machen, sondern in der Presse, hieße es natürlich ganz schnell: «Todesstrafen-Cowboy will uns den Karneval verbieten! Er soll sich sofort entschuldigen!»

Staat, misch dich ein! Es wird auch dir nützen

MAN saß eines Abends bei Wein und Lampenlicht in einer Wohnung, die mit Privatgekochtem erster Güte gefüllten Bäuche hatten zu arbeiten, die Lippen Konversation zu betreiben, und wie so oft in letzter Zeit war eines der Themen das Rauchen. Mir gegenüber befand sich ein sympathischer Mann, ein Mann des Wortes, der in seinem Leben gewiß schon von manch einem feurigen Gedanken heimgesucht worden war; zum Thema Rauchen äußerte er allerdings einen Satz großer Bekanntheit, den ich hier einmal als linksliberales Bequemlichkeitssprüchlein sorgsam diffamieren möchte, nämlich den Satz: «Verbote bringen überhaupt nichts.» Nun ja, eine Redensart halt. Ich wäre der letzte, der gegen eine Pflege unserer Sprichwörter und Redensarten einträte, sie sollten uns allen ein lieber Schatz sein. Wenn jemand eine sandbehaftete Erdbeere ißt, soll er ruhig sagen, Dreck reinige den Magen, und daß kalter Kaffee schön mache und im Anschluß verzehrter Döner noch schöner, will ich niemandem ausreden, doch ist nicht zu empfehlen, aus solchen Spruchweisheiten Maximen zur Lebens- oder gar Staatsführung abzuleiten.

Man muß kein großer Pfiffikus sein, um sich Verbote in Erinnerung zu rufen, die alles andere als «überhaupt nichts», sondern sehr viel «bringen», üblicherweise weit mehr als Ermahnung und Aufklärung. Gesetzbücher und sonstige Regelwerke bis hinunter zur Hausordnung sind nicht zuletzt Kulturleistungen. Ist es nicht wunderbar, daß man nachts um vier in der Wohnung herumgrölen nicht nur, bitte, *nicht soll*, sondern sonnenklar und unabstrakt *nicht darf*? Einige Verbote gehören gar zum Kühnsten, Klügsten, Taktvollsten und Kostbarsten, das die Menschheit je ersonnen hat, und ich halte eine gewisse Vermehrung der Kostbarkeiten für wünschenswert. Daher trat ich während der eingangs erwähnten Geselligkeit für ein rigoroses Rauchverbot an allen nur erdenklichen Orten ein, also nicht nur an solchen, wo Kellner, Kinder und Asthmatiker beschützt werden müssen, sondern auch in Wohnungen, Autos und auf der Straße, überall eben. Ich erhob diese Forderung übrigens mit einer brennenden Zigarette in der Hand, wohingegen jener Gesprächspartner mit dem Hang zum duldungsfrohen Nebeneinander nie in seinem Leben geraucht hat, und diese Konstellation will mir weder pikant noch paradox erscheinen, denn Raucher haben vom Rauchen wesentlich mehr Nachteile als diejenigen, die von ihnen hin und wieder mal freundlich oder unfreundlich angepustet werden. Raucher werden von einem Rauchverbot weitaus mehr profitieren als Nichtraucher.

Diejenigen, die sich partout nicht an den Befund gewöhnen wollen, daß das Rauchen als massenhafte Volkszerstreuung eine Erscheinung ist, deren Zeit abgelaufen ist, und daß neue Zeiten anbrechen, in denen vielleicht viel erregendere Zerstreuungen aufkommen werden, haben allerlei tolle Einwände. Zum Beispiel: «Was nützt es denn, wenn wir in Europa damit aufhören, während Milliarden von Chinesen rauchen wie der Ruhrpott in historischen Aufnahmen des WDR-Fernsehens? Die werden sich die Zigaretten niemals verbieten lassen.» Da sage ich: Doch. Werden sie. Chinesen haben sich in der Geschichte mehrmals als nicht ganz unwillige Drangsalierungsobjekte erwiesen. Unter Mao war es ihnen sogar einige Jahre lang verboten, zu Hause warme Mahlzeiten zuzubereiten, weil es volkswirtschaftlich sinnvoller erschien, sie mit Massenspeisungen am Leben zu erhalten. Wer sich das Kochen verbieten läßt, dem wird man auch die Zigaretten wegnehmen können.

Der gängigste und konventionellste Einwand der Rauchverbotskritiker aber lautet: «Wenn sie erst einmal das Rauchen verboten haben, wer weiß, was dann kommt? Als nächstes werden sie den Alkohol am Wikkel haben!» Ich erwidere: Werden sie nicht! Der Mensch hat viel zu große Vorteile vom Alkohol, als daß man seinen Konsum staatlicherseits einschränken sollte.

Wer je erlebt hat, wie sich eine Reihe stumm an der Wand lehnender Party-Ölgötzen in eine munter schwatzende Gemeinschaft verwandelt, wird Wein und Bier nicht allzu hart verdammen. Und wenn wir hundert promiske junge Menschen in einen Bauernschrank sperren und sie auffordern, auf einen Zettel zu schreiben, wieviel Prozent ihrer bisherigen sexuellen Erlebnisse sie ohne Alkohol nicht hätten tätigen können, dann wird man viele zweistellige und sogar einige dreistellige Zahlen auf den Zetteln finden. Alkohol ist ein Segen für die Menschheit, wenngleich auch nicht für jeden einzelnen Menschen.

Andere Drogen sind ebenfalls keineswegs uninteressant. Was nun folgt, möchte ich aus pädagogischen Gründen nicht laut sagen. Ich flüstere es in eine Brötchentüte hinein und haue die Tüte anschließend geräuschvoll kaputt, dann ist es so, als hätte ich gar nichts gesagt! Also: Wer in seinem Leben nicht wenigstens zwei- oder dreimal Haschisch oder LSD probiert hat, ist eigentlich ein armer Wicht. Aber nun soll die Brötchentüte knallen. Ich habe nichts gesagt! Gar nichts!

Drogenkonsum hat Vor- und Nachteile, mit einer einzigen Ausnahme: Das Rauchen hat nur Nachteile. Man erlebt keinerlei Rausch, man ist nach dem Rauchen einer Zigarette weder glücklicher noch zufriedener als zuvor und ganz gewiß auch nicht weniger nervös: Sollte einer zittrig drauf sein, wird das ja erheblich mehr auffallen, während er raucht, und die Leute werden tuscheln: «Guck mal, was für ein zittriges Qualmwrack!» Den Raucher macht ein solches Getuschel bloß noch nervöser. Es dürfte eines der wirklich großen sozialen Geheimnisse sein, warum Menschen rauchen. Ich rauche seit dreißig Jahren, glücklicherweise nicht 120 Stück am Tag, wie es Erich Kästner tat, und meist tue ich es nur abends, aber ich weiß nicht, warum ich das tue. Die meisten Menschen wissen es nicht. Weil sie sich für dieses Nichtwissen schämen und auch keine Lust haben, sich ständig zu rechtfertigen für etwas, das sie als Privatsache verstehen, sagen sie, sie täten es des Genusses wegen. Das sagen sie aber nur so dahin, um die Luft mit Worten anzuwärmen.

Man höre mir überhaupt auf, soviel vom Genießen zu sprechen. Dieser Begriff wird heute entschieden zu weit gefaßt. Eine bedeutende Hamburger Wochenzeitung, der man nur dringend empfehlen kann, sich in den Genuß einer besseren Werbeagentur zu bringen, wirbt seit längerem mit dem Spruch «Genießen Sie die ‹Zeit›!» Zeitungslektüre als Informationsgenuß – das ist so kurios wie dämlich. Texte über den Irak-Krieg oder die Furcht der Mittelschicht, sozial wegzusacken, sollten doch für niemanden einen Genuß darstellen, selbst wenn sich zwischen diesen Artikeln immer wieder Hinweise auf gute Rotweine finden. In einem Supermarkt sah ich gar einmal ein Fünferpack Einwegrasierer mit der Aufschrift: «Für viele, viele Genußrasuren.» Wenn nun jede lediglich sinnvolle oder notwendige Tätigkeit verbal zu einem Genuß veredelt wird, wird man sicher bald auch Tampon-Packungen verkaufen, auf denen steht: «Für viele, viele Genußblutungen.»

Hin und wieder wird behauptet, durch Zigarettenschnorren und Feuergeben würde es zu menschlichen Annäherungen kommen, aus denen sich Kapital schlagen ließe. Nun, ich habe in den letzten Jahren mehrmals in Ländern mit gastronomischen Rauchverboten zwecks «smoke break» vor Restauranttüren gestanden und folgendes Gespräch geführt:

«Do you have a light?»

«Yes!»

«Where do you come from?»

«Germany.»

«Oh, Germany! Is it still east and west?»

«No, we're together now.»

Die gar nicht durchweg traurige Wahrheit ist, daß kein einziger derer, mit denen ich dieses Gespräch führte, versucht hat, mich in sein Bett zu zerren.

Tatsächlich hat das Rauchen einen einzigen, allerdings ganz und gar nebensächlichen Vorteil: Der Bus kommt schneller. Wenn Leute an der Bushaltstelle stehen und der Bus kommt und kommt nicht, sagen sie: Man muß sich nur eine Zigarette anzünden, und schon kommt das verdammte Busbiest angekrochen. Meiner Erfahrung nach stimmt das sogar, allerdings hat man in den meisten Situationen, in denen man raucht, gar kein Verlangen nach einem Bus. Wenn infolge jeder Zigarette, die jemals irgendwo geraucht wurde, ein Bus gekommen wäre, würde die Welt ein einziger rappelvoller Busparkplatz sein.

Prophezeiungen sind bekanntlich eine heikle Sache, doch würde es mich nicht wundern, wenn in einigen

Jahren oder Jahrzehnten Herstellung, Verkauf und Verbrauch von Zigaretten ganz verboten wären. Es ist zu vermuten, daß diesem schönen Zustand eine nervtötende Politik der kleinen Schritte mit Hunderttausenden begleitenden Fernsehdiskussionen vorangehen wird. Erst wird auch vor der Tür von Gaststätten nicht mehr geraucht werden dürfen, sondern nur noch in einem gewissen Abstand von Wohngebäuden, dann gar nicht mehr auf der Straße, später nicht mehr in Mietwohnungen, bloß noch in Eigentumsimmobilien, schließlich überhaupt nicht mehr. Diejenigen, die es gewohnt sind, sich die Zukunft als eine kaugummiartig gedehnte Gegenwart vorzustellen, hauen störrisch auf den Tisch und verkünden: «Es wird immer geraucht werden!» Diese Prophezeiung ist mit Sicherheit grundfalsch. Nach einem Verbot des Verkaufs von Tabakwaren wird es freilich zunächst an gewissen zugigen, ungemütlichen Orten, sogenannten Kriminalitätsschwerpunkten, einen verstärkten Schwarzhandel geben, in Berlin zum Beispiel in der Umgebung des abscheulichen Bahnhofes Ostkreuz.

Wenn ich derzeit in meiner Wohnung sitze und um elf Uhr fällt mir ein, daß ich vor dem Schlafengehen noch ein wenig rauchen möchte, mache ich mich bisweilen durchaus auf den Weg zum etwa 300 Meter entfernten Spätverkaufsbüdchen. Aber ich kann garantieren: Ich werde nicht mitten in der Nacht zum Ostkreuz fahren, und viele andere werden das auch nicht tun. Der Mensch ist nicht nur schwach, sondern auch bequem und obendrein, wenngleich lediglich als Folge seiner Bequemlichkeit, obendrein sehr gern gesetzestreu. Von einem Staat, der ein völliges Rauchverbot nicht erst in zwanzig, sondern evtl. schon in zwei Jahren durchsetzt, wäre die Bevölkerung übrigens beeindruckt. Sie würde es ihm nicht übelnehmen. Sie wäre vielmehr stolz auf einen Staat, der sie durch ein so elegantes wie effektives Totalverbot von einer Droge befreit, deren Konsum keinerlei Wonnen und nicht den geringsten Nutzen bringt. Sie hätte endlich einmal einen berechtigten Anlaß zu Patriotismus und würde mit Sicherheit bald neue, bessere Alltagsdrogen ausfindig machen, die eines intelligenten Menschen würdiger sind als Zigaretten.

«Und die Kioskbesitzer?» rufen nun einzelne Menschen. «Die armen Kioskbesitzer! Wovon sollen die denn leben, wenn es keine Zigaretten mehr gibt?» Keine Sorge! Die werden zunächst Stadtpläne verkaufen, damit die Leute zum Ostkreuz finden, und für danach wird uns auch noch etwas einfallen.

Die fünf Redner

NEBEN mir sitzt ein Mann. Er riecht nach verqualmter Kleidung, Schweiß, Deodorant und Haribo-Weingummi, denn er steckt sich eines nach dem anderen in den Mund, zufrieden wie ein Kind in seiner Lieblingsecke. Es wäre eine gute Gelegenheit, den Spruch einzuführen, den ich mir letzte Woche ausgedacht habe: «Puh, hier riecht's ja wie in Erichs Achselhöhle.» Ein toller Spruch eigentlich, so flott, so unakademisch, so volkstümlich wurschtig, ja wurstbudenhaft! Er fiel mir ein, als ich neulich das Büro meines Steuerberaters betrat. Auch Archäologen könnten ihn sagen, wenn sie ein neuentdecktes Skythengrab öffnen, obgleich ein Skythengrab natürlich ein absoluter Leckerbissen für jeden Archäologen ist, und sei er noch so geruchsempfindlich, womit ich nicht andeuten möchte, daß Archäologen frischentdeckte Grabstellen aufessen, im Gegenteil: Sie tragen eine Mundmaske beim Ausgraben, damit sie auf keinen Fall kleine, aber aussagekräftige Teile des Grabes versehentlich einatmen. Und dann wird alles abgepinselt. Seltsam, daß man bei Pinseln immer nur an Maler und Kosmetiker denkt, nie jedoch an Archäologen, obwohl die den Pinsel nicht minder rege schwingen. Nicht minder seltsam indes, daß es den Achselhöhlen-Spruch nicht schon gibt, aber es ist auch gut so. Wenn es ihn nämlich gäbe und man ihn Tag für Tag, jahrein, jahraus von irgendwelchen Leuten, die zu Besuch kommen, hören müßte, würde man rasch jede Freude daran verlieren. Ich behalte ihn lieber für mich, sonst stiehlt ihn mir ein Fernsehkomiker; diese Biester klauen ja wie ukrainische Stricher. Mit Erichs Achselhöhle ist übrigens keineswegs eine derjenigen von Erich Honecker gemeint, wie mancher vielleicht gemutmaßt hat, denn dieser Herr hat unter den Armen gewiß nicht nach Weingummi gerochen, aber weiß man's? Die Erinnerung an die DDR verblaßt; man kann den Menschen die wildesten Bären über diesen Staat aufbinden – warum nicht auch den, daß es in der DDR kein Deo gab und ihre Bürger sich daher im Intershop gekauftes Haribo-Weingummi in die Achselhöhlen klemmten, um gesellschaftlich einigermaßen präsentabel zu duften?

Weshalb sitze ich eigentlich hier? Wo ist denn der Programmzettel? Ah ... fünf Redner werden auftreten in diesem Theater und zu einigen sehr allgemeinen Fragen Stellung beziehen. Da freuen wir uns heftig, denn das Allgemeine ist trotz seines Imagerückstands gegenüber dem Speziellen stets von höchstem Interesse. Laut Programm werden auftreten: ein Menschenfreund, ein Menschenfeind, ein Volksverächter, ein Volksfreund und ein Verehrer der Menschheit. Wirklich wunderbar, was die Kulturbehörden uns interessierten Laien für Angebote machen. Ah ... der Vorhang quiekt schon, und der erste Redner betritt die «herrlich authentisch» knarrende Bühne.

Der Menschenfreund spricht:

«Neulich las ich den Bericht eines Journalisten, der nach Santiago de Chile gefahren ist, um Margot Honecker zu interviewen. Die wollte ihn jedoch nicht empfangen. Da hat der Journalist sie trotzdem interviewt, und zwar durch die Gegensprechanlage. Ich finde, das kann man nicht machen, einer alten Dame durch eine Gegensprechanlage patzige und vorwurfsvolle Fragen zu stellen und die Dame später in der Zeitung negativ darstellen, weil sie entsprechend wehrhaft geantwortet hat. Schon Sting sang einst: ‹The Russians love their children, too.› Was er damit meinte, war natürlich, daß auch Leute wie Margot Honecker eine warme und betuddelnde Seite haben. Niemand ist nur schwarz oder weiß. Wahrscheinlich hat sogar Idi Amin ein paar Sachen richtig gemacht in seinem Leben.»

Der Menschenfreund tritt ab. Oh weh, für so etwas hat man 15 Euro Eintritt bezahlt? Hoffentlich sind die anderen Reden gehaltvoller. Trotz des schwachen Vortrags setzt ein durchaus ordentlicher, wenn auch nicht enthusiastischer Beifall ein, der ungefähr demjenigen entspricht, den man hört, wenn etwa der Verkehrsminister anläßlich der Eröffnung einer neuen Frachtabfertigungshalle gesprochen hat. Aber still jetzt! Eine neue Person hat die Bühne betreten.

Es ist der Menschenfeind, welcher das Folgende spricht:

«Ich will hier nur ein paar Worte über meine verstorbene Vogelspinne loswerden. Die ließ sich ohne weiteres hinten am Abdomen streicheln. Die lief nicht weg – weil sie's nämlich genossen hat! Arachnologen behaupten zwar, ein Mensch könne mit einer Spinne keinen sinnlichen Kontakt aufnehmen, aber Arachnologen schließen doch bloß von sich auf andere. *Die* können nicht, und deswegen meinen sie, andere können auch nicht. Ich konnte aber! Arachnologen halten sich für etwas ganz Besonderes, doch sind sie so kalt wie alle anderen Menschen auch. Einem Hund aber kannst du stundenlang in die Augen gucken, tagelang, wochenlang, der wird nie müde, ein Pferd ist so treu und aufrichtig, mit dem kannst du Kirschen stehlen. ‹Pferde stehlen› kann man ja bei einem Pferd schlecht sagen. Aber Menschen? Paßt man einmal einen Moment nicht auf, macht man mal versehentlich ein Biernickerchen, durchwühlen sie dir die Bude, und weg sind sie! Ich freue mich schon auf die Maden, die mich eines Tages fressen werden, denn die lügen mir wenigstens nicht die Hucke voll von wegen Liebe.»

Ein knapper Mitleidsapplaus verabschiedet den Menschenfeind. Als nächstes spricht der Volksverächter:

«Rückständig, verschlagen, ranzig, gemein: So ist das Volk. ‹Volk› scheint mir eine Art Negativplural von ‹Mensch› zu sein. Wer ist denn schuld daran, daß immer so schlechte Platten auf Platz eins der Hitparade sind? Das Volk natürlich! Fortschritt entsteht durch Widerspruch, Volk jedoch besteht aus Leuten, die einander immer nur bestätigen. Das beste, was Pädagogik unseren Kindern bieten kann, ist, sie in leidenschaftliche Opposition zu ihrem schlimmsten inneren Schweinehund zu setzen, nämlich der menschlichen Schwäche für die Volkstümlichkeit. Ich danke Ihnen für Ihre Aufmerksamkeit.»

Der Volksverächter erhält einen überraschend kräftigen, sogar von einigen anerkennenden Pfiffen durchsetzten Applaus. Vermutlich wegen des frischen Zorns, der in der knappen Rede zum Ausdruck kam.

Zorn auf Bühnen kommt oft gut an beim Publikum. Noch mehr bei Juroren: Elfriede Jelinek hat vor einigen Jahren sogar den Literaturnobelpreis ausdrücklich in Anerkennung ihres Zorns erhalten.

Sind *wir* gespannt auf die Worte des Volksfreundes:

«Rückständig, verschlagen, ranzig, gemein: So ist das Volk. Oh, Entschuldigung, hochverehrtes Publikum, es muß mir jemand eine Kopie des Zettels meines verehrten Vorredners – Sie merken, Leute wie ich und wie natürlich auch Sie behandeln selbst unsere Gegner mit Respekt –, es muß mir also jemand den Zettel des besagten Herrn in die Jackentasche geschmuggelt haben. Ich schau mal in die andere. Ja, Gott sei Dank, da ist ein weiterer Zettel, das müßte der richtige sein. Meine lieben Freundinnen und Freunde! Was gibt es Schöneres, als an einem lauschigen Sommerabend mit Freunden im Garten zu grillen? Die Gesundheitsapostel mögen nun zwar kollektiv aufstöhnen, und wir lassen solche Leute auch zu Wort kommen in unserem Land, *wir* sind ja gar nicht so. Aber schaungs: Der Mensch will sich doch auch ein bißchen wohl fühlen, und dazu gehört für einen normalen, einfachen Menschen – und ich geb's gern zu, daß ich nie aufgehört habe, a einfacher Bubb zu sein – noch immer eine Wurst. Und auch das geb ich zu: Es dürfen auch mal mehrere Würste sein. Sollen doch diejenigen, die das unbedingt wollen, mißmutig an ihren Rikola- oder Rukola-Blättern nagen – auf gut deutsch heißt der Schaaß Rauke und ist, wissen Sie, was es ist? Ein schlichtes Unkraut. Aber nun wünsche ich Ihnen noch einen wunderwunderschönen Abend, und drück Ihnen ganz, ganz feste die Daumen, daß es nicht schon wieder regnet!»

Die Besucher der Veranstaltung scheinen überwiegend nicht zur Zielgruppe des Volksfreundes zu zählen, welcher sichtlich irritiert zur Kenntnis nehmen muß, daß der Applaus, den man ihm zollt, nicht wesentlich üppiger ist als derjenige, den der Menschenfeind bekommen hat. In der Zuhörerschaft macht sich jetzt geräuschvolle Vorfreude bemerkbar, weil der fünfte und letzte Redner, der Verehrer der Menschheit, die Bühne betritt. Was wird *er* sagen? Nach herkömmlichen Vorstellungen von Dramaturgie müßte sein Beitrag den Höhepunkt des bislang durchwachsenen Abends bilden.

Der Verehrer der Menschheit sagt Folgendes:

«Ich möchte Sie bitten, wenn Sie nach der Veranstaltung das Theater verlassen, auf Ihrem Heimweg ein wenig darauf zu achten, was alles am Wegesrand wächst. Unkraut und Gras, werden Sie nun sagen. Aber wenn Sie etwas genauer hinsehen, werden Sie feststellen, daß das Gras aus recht unterschiedlichen Pflanzen besteht. Sage und schreibe zehntausend verschiedene Arten umfaßt die botanische Familie der Gräser. Diese Gräser haben überwiegend klitzekleine Samenkörner, die nicht einmal der liebe Gott mit bloßem Auge voneinander unterscheiden könnte. Doch eines Tages schälte sich die Menschheit aus der Affenheit hervor; und was tat sie? Sie begann ein enormes, nie zuvor dagewesenes Rumprobieren, im Zuge dessen sie entdeckte, daß von den zehntausend Gräsern etwa zehn bis zwanzig Arten Körner hervorbrachten, die der Ernährung dienlich sind, vorausgesetzt, man würde nicht versäumen, einen Mörser zu entwickeln, und, ja, die Menschheit versäumte dies nicht. Herauszufinden, daß das zermörserte Getreide weniger aus den Ohren herausstaubt, wenn man es zu Brei anrührt, versäumte sie ebenfalls nicht.

Und neben all dem Mörsern und Breiessen, ganz nebenbei, bändigte sie, als sei's ein Fliegenschiß, die Urgewalt des Feuers, indem sie es in einen Ofen sperrte. Auch darauf, den Körnerbrei zur Verbesserung seiner Haltbarkeit und Bekömmlichkeit der in den Ofen gesperrten Urgewalt auszusetzen, mußte man erst einmal kommen als Menschheit! Wie wir wissen, kam die

Menschheit auf genau die genannte glorreiche Idee, und wir haben nun als Resultat dieser grandiosen Kette von Unwahrscheinlichkeiten eine wunderbare Brotvielfalt.

‹Kultur ist das Unwahrscheinliche›, konstatierte der Soziologe Arnold Gehlen, dessen Cousin Reinhard Gehlen von 1954 bis 1968 Präsident des Bundesnachrichtendienstes in Pullach bei München war. Wir müssen die Menschheit verehren, weil sie die Unwahrscheinlichkeit durch allerfrechstes Austricksen bezwungen hat. Das haben weder die vielgerühmten Delphine geschafft noch die blitzgescheiten Kraken und noch nicht einmal die improvisationsfähigen Ratten. Die Menschheit hingegen ist auf langen, krummen Wegen gegangen, die sie vom Brotbacken bis hin zu Aktenvernichtern führten und zu Mini-Mikrophonen in den Bienenkorbfrisuren attraktiver Spioninnen. Was die Menschheit insgesamt bisher geleistet hat, macht alle kleinen und großen Fehler, die einzelne Menschen, auch Völker und Nationen, begangen haben, ohne weiteres wett. Denken Sie daran, wenn Ihnen das nächste Mal eine Ladentür an den Kopf knallt, weil der Kunde, der vor Ihnen das Geschäft verlässt, sie Ihnen nicht aufgehalten hat: Auch dieser Rüpel ist einer von denen, die einst das Feuer bändigten.»

Ein Lächeln erfüllt das Theater. Zunächst nur ein Lächeln. Keiner applaudiert, doch dann ruft einer: «Ja!»

Nun setzt ganz allmählich doch Beifall ein, ungewöhnlich langsam setzt er ein, und zwar hinten beginnend. Die Leute in den vorderen Reihen drehen sich um und fragen sich, ob sie mitmachen sollen, und weil sie meinen, das Jungvolk auf den reduzierten Plätzen werde schon den richtigen Riecher haben, stimmen sie ein, und es entsteht ein sehr ordentlicher, langer, nicht von billigem Pfeifen und Johlen durchsetzter Klassischer-Musik-Applaus.

Am nächsten Morgen verunglückt ein VW-Bus mit fünf Kabarettisten.

Schon am gleichen Abend versammeln sich an der Unfallstelle eine Handvoll Menschen und stellen die üblichen Teelichter auf.

Ein Reporter von der Abendschau fragt eine Frau, um welchen der fünf Künstler sie am heftigsten trauere.

«Na, um den Verehrer der Menschheit natürlich! An zweiter Stelle steht der Volksverächter. Am mitteltraurigsten bin ich über den Tod des Menschenfreundes.» sagt die Frau.

«Und um wen trauern Sie am wenigsten?»

«Am zweitwenigsten um den Volksfreund und am allerwenigsten um den Menschenfeind!»

«Waren das nicht nur Rollen?» fragt der Reporter.

Da meint die Frau: «Jetzt, wo Sie's sagen! Stimmt! Das war'n ja nur Rollen! Somit trauere ich natürlich um alle fünf gleich stark.»

Sehr wenig vom Glück

Vom Glück weiß ich sehr wenig, außer daß man es nicht erlangen kann, indem man sich in Selbstverleugnung verrenkt. Weder bekommt man es von anderen Menschen geschenkt, noch findet man es in bequem gebügelten Religionen oder auf dem Gipfel hoher Berge. Man findet es nur in sich selbst. Ich hab allerdings nie groß in mir selbst gewühlt, da ich es nicht für dringend notwendig halte, glücklich zu sein. Zur Ergänzung erfuhr ich in «Mobil», der Kundenzeitschrift der Deutschen Bahn AG, der Schriftsteller Arnold Stadler habe geäußert, das Glück sei literarisch nicht interessant. Nicht notwendig und noch nicht einmal interessant ist das Glück also: Sollte man einmal mit einem Schlagertexter oder einer Dame zu Abend speisen, wäre es wohl weise, solche Einsichten für sich zu behalten, um sie nicht in eine Lebenskrise zu stoßen. In der Tat findet man nämlich außer weisheitskrämerischen Kalenderaphorismen und stark gewinnorientierten, zusammengeschluderten Ratgeberbüchern mit Schmetterlingsfotos sehr wenig über das Glück; vielleicht aber sollte man erst einmal versuchen, selber etwas Interessantes über das Glück zu schreiben, bevor man kurzerhand sagt, es gebe gar nichts her. Ehe ich anderen schwammige Vorschläge mache, versuch ich es einfach:

«Manche Leute haben in ihrer Wohnung altes, schlechtes Parkett, das bereits entsetzlich knarrt, wenn nur die Katze darüber läuft. Unser Parkett ist besser. Es knarrt nie, schimmert dafür jedoch sehr schön, insbesondere abends, wenn der Schein unserer vielen hochwertigen Leuchtkörper darauf fällt. Vielleicht würde das Parkett ein wenig knarren, wenn wir Besuch von mehreren korpulenten Personen bekämen, aber solche kennen wir gar nicht, denn unsere Freunde ernähren sich allesamt vernünftig und bringen uns oft interessante Gewürzmischungen aus fernen Ländern mit, die sie aufgrund ihrer schönen beruflichen Positionen in bequemen und keineswegs sehr laut brummenden Flugzeugen bereisen dürfen. Wenn wir in unserer sechzig Quadratmeter großen Küche, die wir regelmäßig von internationalen Einrichtungszeitschriften fotografieren lassen, beim gemeinsamen Kochen die mitgebrachten Gewürze ausprobieren, lachen wir sehr viel, wir prusten richtig albern herum, was wir hin und wieder auf Video aufnehmen. Wenn wir die Aufnahmen später unseren Freunden vorspielen, wird uns immer wieder versichert, unsere gute Laune beim Kochen sei richtig ansteckend. Wir, das sind übrigens ich, ein, wie Freunde wie Wildfremde ganz ohne Neid anerkennen, vitaler, muskulöser Mann voller Ideen, Drive, Pep und Perspektiven, sowie meine graziöse, dezent, aber doch gewinnbringend berufstätige Frau, die eine sanfte Stimme hat, mit der sie so gepflegt spricht, als wäre sie Dieter Engels, welcher der Präsident des Bundesrechnungshofes ist, Papst Benedikt und Natascha Kampusch in einer Person. Wir achten beide sehr auf Darmgesundheit, denn wir wissen, alles Übel beginnt mit der Verdauung. Meine Frau hat obendrein angenehm unbittere Gesichtszüge, und manchmal sagt sie im Scherz, wenn sie einmal sterben sollte, möchte ich dafür sorgen, daß Dr. Hauschka und Annemarie Börlind an ihrem Grabe sprechen, weil sie deren Kosmetikprodukten so viel verdanke. Ich sage dann immer: ‹Ich glaube, die sind beide längst tot›, und darauf setzt ähnlich wie beim Kochen ein großes Gepruste ein. Außerdem sind da noch drei Kinder, denen wir Namen gegeben haben, von denen sie niemals Karrierenachteile erfahren werden, sozial völlig neutrale Namen also, sowie ein beigefarbener mittelgroßer Hund, Labrador oder Golden Retriever oder irgend so etwas, der nur auf offiziell im Stadtplan ausgewiesenen Hundewiesen Geräusche von sich gibt. Die Kinder bringen Tag und Nacht Zeugnisse mit Einsernoten ins Haus und werden niemals mit Messern bedroht. Sie lesen gern, überweisen regelmäßig die Hälfte ihres Taschengeldes an eine altruistische Einrichtung für Kinder, deren Eltern rauchen und Bier trinken. Im Fernsehen schauen sie sich am liebsten jene Sendung des Bayrischen Rundfunks an, in welcher solide bayrische Ehepaare mit antiken Uhren oder Heiligenfiguren ins Studio kommen, um sich von Kunstexperten deren Wert erklären zu lassen. Auch die Tür unseres Wohnhauses ist kunsthistorisch sehr interessant. Bisweilen geschieht es, daß ich mit meiner Familie aus der Tür heraustrete und wir auf dem Monitor von Touristen landen, die unsere Tür fotografieren. Wir reagieren in solchen Fällen stets verständnisvoll und sagen, anders als in der Literatur ist im wirklichen Leben eine interessante Tür ja auch dann interessant, wenn gerade kein Mörder durch sie durchgeht, sondern eine kerngesunde Familie, die optimistisch in die Zukunft schaut. An dieser Stelle lachen die Touristen üblicherweise sehr herzlich, und wir laden sie in einen der vielen Coffee-Shops in unserer urban ideal durchmischten Wohngegend ein, wo sich im allgemeinen außerordentlich qualitätsvolle Gespräche ergeben, die den Grundstock unseres weltumspannenden Visitenkarten-Einsteckalbums bilden. Wir bekommen viele E-Mails aus China oder Australien, in denen wir gefragt werden, wie es uns geht, worauf wir stets antworten, es geht uns ganz ausgezeichnet. Schließlich machen wir regelmäßig Dehnübungen, wobei wir übrigens sehr gute CDs hören, die wir von einem Redakteur einer New Yorker Klassik-Zeitschrift, mit dem wir seit Jahren ‹sehr, sehr, sehr, sehr eng› befreundet sind, gratis zugeschickt bekommen, wofür wir uns in geeigneten Abständen mit einer Himbeertorte bedanken, wofür sich der Klassikredakteur dann wiederum recht herzlich bedankt und auch von seiner Frau, die eine gefeierte japanische Klaviervirtuosin ist, Grüße ausrichten läßt, was uns immer ganz besonders nahegeht, denn ein Gruß von einer dermaßen bedeutenden Musikerin, die ja nicht viel Zeit hat bei all ihren Tourneeverpflichtungen, ist etwas wirklich Beglückendes, was wir auch unseren Kindern vermitteln, die dafür sehr dankbar sind und uns höflich bitten, der japanischen Klaviervirtuosin, obwohl sie sie gar nicht persönlich kennen, ebenfalls ganz besonders freundliche Grüße auszurichten.»

Ich breche den literarisch interessanten Text über das Glück hier ab, denn ich möchte mir nicht auch noch ausdenken müssen, wie der muskulöse Mann mit seiner dezent, aber gewinnbringend berufstätigen Ehefrau Weihnachten feiert und in unverdorbenen Erdgegenden Ferien macht. Vielleicht hat Arnold Stadler doch recht mit seiner Auffassung hinsichtlich des Glücks in der Literatur; im wirklichen Leben jedoch macht es sich hin und wieder auf anrührende Weise bemerkbar. Ungemein glücklich ist zum Beispiel, wer seine Tasche wiederbekommt, die er am Abend zuvor in einem Lokal liegengelassen hat.* Es gibt sogar einige Berufsgruppen, deren Angehörige durchweg glücklich zu sein scheinen.

Wenn die Doku-Soaps aus deutschen Zoologischen Gärten, die seit einigen Jahren die Nachmittagsprogramme bereichern, eines gezeigt haben, dann dies: daß Tierpfleger die zufriedensten Menschen auf Erden sind, und zwischen Zufriedenheit und Glück zu unterscheiden, wollen wir in diesem Moment den Schlaumeiern und Sprücheklopfern überlassen. Die Tierpfleger schei-

---

* Vgl. «Waffen für El Salvador» in «Der Krapfen auf dem Sims»

nen genau das zu tun, was sie immer tun wollten, und selbst wenn sie gebissen werden, sagen sie fröhlich, das passiere eben dann und wann. Ebenso glücklich sind Wissenschaftler, und gleich danach kommen die Künstler und Intellektuellen, trotz ihres Images, sie würden zu Depressionen und Selbstmordgedanken neigen. Sie sind glücklich, da sie sich eines ständigen Gedankenganges erfreuen und aus diesem Grunde niemals langweilen. Hin und wieder wird das Glück zwar durch Ärger unterbrochen, weil irgend jemand etwas Gemeines sagt, z. B., daß das, was sie machen, keineswegs so wichtig sei, wie andere behaupten, aber der Ärger verfliegt rasch, da ja immer irgendein kraft nichts als glorreichem Eigenwillen gelegtes Ei vorhanden ist, das dringend gepflegt und ausgebrütet werden muß. «Dumm sein und Arbeit haben», schrieb Gottfried Benn, vermutlich in einem Anfall von Neid auf die sogenannten einfachen Menschen. Herausgelöst aus dem schönen Gedicht, dem er entstammt, ist dieser von verstimmten Geistesmenschen mitunter gern zitierte einprägsame Satz jedoch nichts als eine flotte Behauptung, die keiner Prüfung standhält. Schon eher stimmt: Klug sein und nicht daran gehindert sein, zu tun, was man möchte – das ist das Glück.

Macht das Glück die Menschen schön? Man sagt so, sagt es so dahin.

Die Tierpfleger im Zoo sehen allerdings ganz normal aus. Macht die Liebe glücklich? Sie bringt auch Kummer. Die «körperliche Liebe»? Man weiß noch weniger. Nur eines ist klar: Der Mensch hat drei Möglichkeiten. Er kann seine Sexualität promisk ausleben und sich wilde Abwechslung gönnen. Er kann auch in monogamer Partnerschaft leben. Ebenso kann er auf eine Ausübung der Sexualität verzichten. Alle drei Möglichkeiten sind richtig und gut. Und, ganz wichtig zu wissen: Allen drei Möglichkeiten wohnt das exakt gleiche Potential inne, Menschen glücklich oder unglücklich zu machen.

Sodbrennen statt Snobismus, ich meine umgekehrt

HIN und wieder male ich mir aus, versehentlich über Nacht in einer Bibliothek eingeschlossen zu sein. Nach anfänglicher Panik komme ich zur Ruhe und freunde mich mit dem Gedanken an, die Stunden bis zu meiner Befreiung blätternd und schmökernd zu verbringen. Allerdings stelle ich bald fest, daß es sich bei all den schönen leinen- und ledergebundenen Büchern in den Regalen um nichts als eine von sonderbarem Wahn zusammengetragene Sammlung sämtlicher Artikel handelt, die in den letzten zwanzig Jahren in Magazinen und Illustrierten zum Thema «Volkskrankheit Sodbrennen» veröffentlicht wurden. Glücklicherweise ist, wovon hier berichtet wird, kein Alptraum, sondern eine Tagesphantasie, die sich an beliebiger Stelle abbrechen läßt.

In der Tat aber staune ich seit langem, mit welcher Regelmäßigkeit in Zeitschriften, die sich hauptsächlich oder auch nur am Rande mit Gesundheit befassen, Texte zum Thema Magenübersäuerung gebracht werden. Vermutlich fungieren solcherlei Artikel im populären Medizinjournalismus als eine Art Feuertaufe; so, wie in männlich dominierten Gemeinschaften überholter Art jeder Neuling, um die Anerkennung der anderen zu erlangen, erst einmal einen Regenwurm schlucken oder gar verklemmte sexuelle Triezereien über sich ergehen lassen mußte, hat ein jeder, der in der Welt der Apothekenzeitschriften Fuß fassen möchte, als Einstand seine obligatorische Schreibarbeit über Sodbrennen abzuliefern. Novizenquälerei in der Tradition der französischen «Bizutage» also – anders läßt sich die Vielzahl der Einlassungen zu diesem Thema kaum erklären.

Volksleiden sind mir nicht summa summarum fremd oder suspekt. Rückenschmerzen, winterliche Trockenheit der Nasenschleimhaut, darüber könnt ich wohl zur Laute singen, hätt ich eine Laute, selbst die aus den Werbeblöcken des Vorabendfernsehens bekannte «Morgensteifigkeit» ist mir in milden Versionen vertraut, aber Sodbrennen hatte ich noch nie. Noch nie? Ich herrlich Unsaurer! Doch, ein einziges Mal hatte ich Sodbrennen: als Nebenwirkung einer Penicillingabe. Ich weiß daher, wie es vor sich geht: Man liegt mehr oder weniger ballonförmig in einem Sessel, und in Begleitung knurrender und gurgelnder kleiner Geräusche entweichen dem Rachen grünliche Gasbällchen, die kurz durchs Zimmer fliegen und bald ploppend über den Einrichtungsgegenständen zerplatzen. Ein bittersaures Seifenblasenkonzert, an dessen Ende Möbel mit verätztem Firnis stehen. Wem geschieht derlei ohne Penicillin? Was sind das für Leute, die sich in volksleidenshafter Regelmäßigkeit in den Genuß eines dermaßen unangenehmen körperlichen Unterhaltungsprogramms bringen?

Ich habe ein Wochenende in Großbritannien verbracht und sah dort Einwohnerinnen, die auf exzessive Weise ihre Erlebnisgier zum Ausdruck brachten. Es war ein früher Abend im späten Winter, kaum fünf Grad plus. Die Frauen aber waren angezogen, als müßten ihre Brüste und Beine trotz Dunkelheit ganz dringend von Sonne und Männerblicken geröstet werden. Können Männerblicke Brüste rösten? Ich glaube, es muß dichterisch erlaubt sein, das zu sagen. Man muß da jetzt nicht so einen Bohei drum machen wie vor einigen Jahren über Peter Handkes «andersgelbe Nudelnester». Immer wenn ich auf einem südlichen Markt bin und die nestartig hingelegten Nudeln in verschiedenen Gelbtönen sehe, denke ich an Peter Handke, diesen zu Recht berühmten Dichter und seine schöne, nur von höhnischen Windeiern verhöhnte Nudelformulierung. Doch wir sind hier nicht auf einem südlichen Viktualienmarkt, sondern im klammen Glasgow, zumindest war vor kurzem noch die allerdings nicht namentliche Rede von dieser windigen schottischen Stadt, wo ich Frauen sah, die nicht ausreichend bekleidet waren. Das Dekolleté nicht bedeckt, Schenkel gleichfalls bloß und bar, die Füße in viel zu hohen Sommerschuhen, in denen zu gehen ihnen niemand beigebracht hatte. Indes sie quietschend Konversation betrieben, schwankten sie, einander untergehakt stützend, durch die Straßen und gossen sich dabei Roséwein direkt aus der Flasche in die Schlünder. Sie amüsierten mich und rührten mich auch etwas, diese erzdummen, mopsfidelen, übersexualisierten und irgendwie auch lieben jungen Schachteln, ich dachte aber auch: Unterleibsverkühlung kann denen nicht unbekannt sein, ebensowenig Sodbrennen.

Man muß aber nicht unbedingt dem Beispiel halbnackter britischer Nachtschwärmerinnen Folge leisten und Roséwein aus der Flasche trinken, um grüne Gülleperlen auszuatmen. Wie es auch geht, kann man in jedem x-beliebigen Hotelfrühstücksraum in Augenschein nehmen. Wie ich neulich erfuhr, habe ich eine Gemeinsamkeit mit den Mitgliedern der Gruppe «Tokio Hotel», nämlich die Angewohnheit, in Hotels am Morgen Pfefferminztee zu trinken, da es merkwürdigerweise selbst in Häusern, an deren Eingang ulkig uniformierte Männer mit Zylinder auf dem Kopf den Gästen das Gepäck aus der Hand reißen, bitteren Thermoskannenkaffee jener Qualität gibt, die von meiner ostelbischen Verwandtschaft «Lorke», manchmal auch «Plörre» genannt wurde. Bis vor kaum mehr als einem Jahrzehnt habe ich mir selbst allmorgendlich gut anderthalb Liter Plörre «gekocht», die bis in die frühen Abendstunden auf der Warmhalteplatte vor sich hin knisterten. Man kannte es nicht anders. Heute kennt man es sehr wohl anders, allerdings nicht überall – bei der Deutschen Bahn zum Beispiel nicht und auch nicht beim Hotelfrühstück. Ein großer Teil der Gäste dort scheint sich indes am Lorkecharakter des Kaffees nicht zu stören, und bizarrerweise trinken sie zur gleichen Zeit Orangensaft, oft in alternierenden Schlucken. Es gibt so einiges, was «alle» machen und mir trotzdem grundfalsch erscheint – das aggressive morgendliche Getränkedoppel zählt dazu. Ich frage mich, warum sie Kaffee und Saft nicht bereits vor dem Trinken zusammenschütten, gewissermaßen nach Art der heute als so praktisch empfundenen «2 in 1»-Präparate. Doch scheinen sie beharrlich den eigenen Magen als Shaker für ihren grausamen Cocktail zu bevorzugen und lassen es dort ätzen und brodeln, auf daß noch viele Sodbrennen-Texte geschrieben werden können.

Die vielgefragte Gloria von Thurn und Taxis hat zu diesem Thema einst einen Standpunkt niedergelegt, den ich folgendermaßen kurzfassen möchte: «Man hat kein Sodbrennen. Man hat Jagdverletzungen.» Ein einigermaßen rigoroses, wenn auch frischvergnügtes Statement hat sie damit abgegeben, das ich allerdings der Ausgewogenheit halber gern mit einem in Tierschutzkreisen berühmten Wort von Theodor Heuss konterkarikieren möchte, nach welchem die «Jagd eine Nebenform menschlicher Geisteskrankheit» sei. Am bekömmlichsten ist es wohl, man hat weder Sodbrennen noch Jagdverletzungen.

Zweifelsohne würde man eine Mehrheit von Deutschen finden, die die fürstliche Aussage mit dem Wort Snobismus belegen, und zwar unter Hinzufügung derjenigen Adjektive, mit denen der Snobismus im Deutschen zwangsverheiratet zu sein scheint, nämlich «unfaßbar» und «unsäglich». Dabei gibt es zahlreiche schönere Adjektive, die zum Snobismus gut passen, beispielsweise «amüsant», «rührend», aber auch «löblich». Es ist zu beklagen, daß die Snobs heute einen so schlechten Leumund haben. Noch vor wenigen Jahrzehnten war das anders: Sie galten als schillernde Individualisten, die man als bunte Vögel gern auf Partys einlud. Witzzeichner stellten sie nicht selten mit Monokel dar und legten ihnen Sprüche in den Mund wie: «Liebe? Ach, das überlassen wir lieber den einfachen Menschen.» Da sich die Snobs finanziell und rhetorisch mitunter überforderten, waren sie vor Lächerlichkeit durchaus nicht gefeit, aber das nahmen sie hin, um in interessanter, also «gehobener» Gesellschaft sein zu dürfen, und die Gesellschaft freute sich an ihrer Kauzigkeit. In der heutigen Diktatur der Masse hat's der Snob dagegen schwer. Er hat kaum jemals mit anderen Echos zu rechnen als dem monotonen Vorwurf: «Der will wohl was Besseres sein!» Warum gilt es heutzutage als Todsünde, etwas Besseres sein zu wollen? Ist das, was uns umgibt, so herrlich und perfekt, daß jeder Wunsch nach Besserung automatisch eine Unverschämtheit ist? Und wer die Welt verbessern möchte, fange praktischerweise bei seiner eigenen Person an, denn da gibt es bei jedem einiges zu renovieren.

Snobismus ist eine klassische Form der heutzutage vielbequasselten Exzellenzinitiative. Er schadet nie und nützt oft, und dies nicht nur dem Snob selbst. Wem verdanken wir es denn, daß wir zumindest außerhalb von

Hotels so vielerorts guten Kaffee, aber auch feine Weine, tollen Käse, ja sogar – in Bioläden – gutes Brot bekommen? Den Ernährungssnobs natürlich! Man achte sie! Der Snobismus hat ein ungerechtfertigt schlechtes Image, die meisten wissen eh nicht recht, was der Begriff bedeutet, und verwenden ihn synonym mit Arroganz, Hochtrabendheit und dem respektlosen Hinabschauen auf sogenannte einfache Leute. Solche Erscheinungen sind aber allenfalls unschöne Nebeneffekte. Der Kern des Snobismus ist nicht das Hinabschauen, sondern der Blick nach oben. Als sein Gegenteil könnte man einen Ausdruck anführen, den Lars Brandt, der Sohn des ehemaligen Bundeskanzlers, einmal in bezug auf den SPD-Sauertopf Herbert Wehner und dessen Frau gebrauchte: «skandinavisches Bescheidenheitsgetue». Oder auch die seit einigen Jahren lästig redensartliche Formulierung von der «gleichen Augenhöhe», auf der angeblich alle Menschen miteinander umzugehen hätten. Die ewig gleiche Augenhöhe vernachlässigt eindeutig die menschliche Halswirbelmuskulatur. Man sollte unbeirrt hinab- wie hinaufschauen, das eine mit möglichst wenig Spott und Verachtung, das andere ohne Eifer und blinde Begeisterung. Der Snob orientiert sich an der nächsthöheren gesellschaftlichen Schicht, und er hat dabei die gleichen Möglichkeiten wie ein mittelmäßiger Musiker, der einem guten nacheifert. Entweder er verbessert sich tatsächlich, oder er wird prätentiös und macht sich lächerlich. Na und? Fliegenpilze, Löwen, gesellschaftliches Glatteis – gefahrvoll ist das Leben! Aber immerhin: Er hat es gewagt, ein Besserer, ein Größerer zu werden wenigstens zu *wollen*! Die deutsche Menschheit schätzt Schuster, die bei ihren Leisten bleiben, doch sie braucht auch Schuster, die nach den Sternen greifen, indem sie zum Beispiel Manufakturen für besonders feine Schuhe gründen und somit anspruchsvolle Arbeitsplätze schaffen. Ja, in der Tat, sie sind so frei, sie nehmen sich heraus, einem inneren Aufruf zur Selbstverbesserung und somit Weltverbesserung Gehör zu schenken, ohne Herrn Muff und Frau Pief um Erlaubnis zu fragen. Die Summe meiner Worte sei: Strebsamkeit und Ehrgeiz sind genauso gute Weltmotoren wie die Liebe.

Das Paradox und seine nimmermüde Volkstümlichkeit

Es scheint mir möglich und durchaus auch angebracht, daß die Redewendung vom «kreativen Chaos» demnächst aus der Mode kommt, hat es doch in den letzten Jahren eine Vielzahl von Medienberichten gegeben, die Einblick in die Lebenswirklichkeit schlampiger Menschen gewährten. Ich erinnere mich zum Beispiel an eine dokumentarische Sendereihe, in welcher zwei resolute rheinische Putzfrauen Personen auf den Pelz rückten, die nicht in der Lage waren, ihre Bleibe in Ordnung zu halten. Dabei zeigte sich, daß jene Leute, denen das Aufräumen beigebracht werden mußte, in der Mehrheit eben nicht sonderlich kreativ waren, sondern flaue Existenzen mit einer Neigung zu schlechter Ernährung und tranigem Herumhängen oder, wie es neulich ein Politiker in einem Anfall milder Volksbeurteilung sagte, «Menschen, die gegen die Verlockungen der Bequemlichkeit nicht ausreichend gewappnet sind». Nun, wer ist das schon? Betten und Sessel sind ja trostreiche Möbel. Doch haben Bequemlichkeit und Kreativität eben eine nur schmale Schnittmenge. Man hört zwar hin und wieder von Malern, die ihre Bilder träumen, bevor sie sie auf die Leinwand bringen, doch das sind seltene Ausnahmen, über die man tuschelt. Im allgemeinen leben Künstler, prosperierende zumindest, in halbwegs aufgeräumten, mitunter sogar penibel sauberen Wohnungen. Für einige Schriftsteller ist jedoch selbst eine ordentliche Wohnung schon ein Zuviel an Ablenkung, so daß sie sich eine Schreibstube mieten, irgendeine Einzimmerwohnung in einem Hinterhaus, in der nichts steht außer einer Flasche Wasser, einem Tisch und einem Stuhl, und in dieser völlig unchaotischen Installation ohne Kissen, Blumen, Radio und Konfekt wird von Punkt neun bis nachmittags um drei gehockt und Hirnmarter betrieben. Eine gräßliche Vorstellung: «Da könnte man ja gleich beim Finanzamt arbeiten!» könnte man da ausrufen, jedoch bei manchem geht's nicht anders.

Und will's dem Künstler einer verübeln, daß er nicht in Sack und Asche hausen möchte? Außer dem Klischeeliebhaber wohl niemand. Im Innern eines jeden Menschen herrscht Wirrsal, ein Gestrüpp aus Wünschen und Gedanken, Ängsten, Hoffnung und Ideen, das alle hin und wieder überfordert, baff macht oder umhaut, den Künstler wohl noch mehr als andere – manch einer wünscht sich gar bisweilen, er wäre etwas dümmer oder kälter, um nicht ganz so wirr zu sein im Innern. Kunst ist ein ordnender Vorgang, ein Entflechten und Knotenlösen. Kunst versucht Schneisen zu schlagen durch das schreckliche Durcheinander des Menschseins. Wie aber soll einer sein Inneres entwirren, wenn er auch noch äußerlich in Messie-Umständen lebt? Chaos macht nicht kreativ, krank macht es vielmehr, es ist der Schlüssel zum Reich der Depression.

Ich nehme an, daß sich irgendwann einmal jemand das Schlagwort vom «kreativen Chaos» als Gag ausgedacht hat, als Paradox genauer gesagt.

Im Paradox werden gemeinhin zwei Begriffe, die konträr zueinander stehen und unvereinbar scheinen, zur Erzielung eines Verblüffungseffekts miteinander gepaart. Nur scheint beim «kreativen Chaos» der gaghafte Ursprung in Vergessenheit geraten zu sein, so selbstredend und unironisch der Begriff heute auch verwendet wird.

Das Paradox ist seit ewigen Zeiten das Lieblingsinstrument eilfertiger rhetorischer Verblüffer. Besonderer Beliebtheit erfreute es sich zu Zeiten der Spontis: «Seien wir realistisch! Fordern wir das Unmögliche!» riefen sie und das unvermeidliche: «Das Private ist politisch!» Heute ist das Paradox nicht minder populär, insbesondere wenn es darum geht, griffige Werbesprüche, Buch- und CD-Titel zu finden sowie Sujets fürs allgemeine Dahinfaseln. Seit Jahren schon wird man mit dem Schlagwort der «emotionalen Intelligenz» traktiert. Es ist ein bißchen schade, einer Menschheit anzugehören, die sich gegen solche Zumutungen nicht verwahrt, ist es doch für jeden, der nicht *nur* emotional intelligent ist, augenscheinlich, daß es keine emotionale Intelligenz gibt. Gibt's nicht, gab's nicht, wird's nie geben – geht gar nicht! Inzwischen hat die Szene, die mit der Ausbeutung der emotionalen Intelligenz Geld verdient, gar unseren lieben guten alten Darm zum «Bauchgehirn» erklärt.

Die Beliebtheit des Paradoxen beschränkt sich allerdings nicht auf solche offenkundig unseriösen Bereiche. Eine vermutlich durchaus nicht dumme Biographie des nicht sehr unseriösen Komponisten John Cage trägt den Titel «Tosende Stille». Was soll ein solcher Titel vermitteln? Eine Illusion von Hintersinn, sonst nichts. Man soll denken: Ei freilich, Stille kann schlecht tosen … Als Stille tost es sich so schlecht, wie sich's als Kühlschrank Gänse braten läßt, aber der Titelfinder hat sich bestimmt allerlei feine Gedanken gemacht, z. B., daß es Situationen gibt, in denen Stille mehr beeindruckt und gefangennimmt als manch donnerndes Musikwerk. Gewiß, Stille kann vielerlei ausrichten, in der Tat kann sie gefangennehmen, irritieren und verletzen. Nur ausgerechnet zu tosen vermag sie nicht. Was aber tost denn so alles auf der Welt? Stürme tosen, Wasserfälle und Appläuse, sogar ein Toaster könnte tosen, falls wir uns erlauben, ein wenig albern und tollkühn zu sein, und Wasser auf seine glühenden Drähte gießen. Wesen des Tosens ist jedenfalls, daß es mit Lärm einhergeht. Man könnte mit John Cages tosender Stille sicher einträchtig leben, ebenso mit ihrem Schwesterphänomen, den «stummen Schreien», die in Schlagertexten aufzutreten pflegen, wenn es darum geht, eine seelische Not anzudeuten, die sich nicht Bahn brechen kann. Ganz wunderbar sogar könnte man mit stummen Schreien und tosender Stille leben, gäbe es nicht Hunderte anderer Werktitel, die nach dem gleichen Prinzip des schnellen Staunenmachens «funktionieren». Herbert Grönemeyer hat eine seiner vielen beliebten Platten «Bleibt alles anders» genannt. Soll vielleicht sagen: Alles ist im Fluß, Wandel vollzieht sich beständig, auch wenn man's manchmal gar nicht merkt, echten Stillstand kann es gar nicht geben. Außer bei Wolfgang Joop: Dieser ohne jeden Zweifel interessante Mann und brillante Zeichner hat ein Buch mit Illustrationen und Zeichnungen herausgebracht und dieses «Stillstand des Flüchtigen» genannt. Diesen Titel kann man arg herkömmlich finden, es sei denn, man hat ein so schlechtes Gedächtnis für wiederkehrende Muster, daß man sich von solch grellem Tiefsinn in Serie frappieren läßt. Müde macht es jedoch auch, das Muster in Serie zu kritisieren, man müßte ja jetzt schon wieder sagen: Entweder etwas flüchtet, oder es steht still, beides auf einmal ist … nun ja, paradox halt. Andererseits: Wären wir nun tatsächlich so dumm, Wasser auf die Heizdrähte eines Toasters zu gießen, und obendrein begabt genug, die daraufhin entstehenden Blitze und Dämpfe mit dem Zeichenstift flink festzuhalten, wozu ein versierter Künstler wie Wolfgang Joop gewiß in der Lage wäre, würden wir außerordentlich Flüchtiges auf eine gewisse Weise durchaus zum Stillstand bringen! Vielleicht ist Joops Titel doch weit weniger gräßlich als «Tosende Stille».

Ich bin kein leidenschaftlicher Beispielsammler, deswegen will ich's an dieser Stelle mal gut sein lassen mit dem Aufzählen von Paradoxa, aber doch, eines, ein einziges nur, will ich noch nennen: In einer Zeitung stand, ein bestimmter Starfotograf habe das Talent, die

Dramatik des Undramatischen zu erfassen. Diesen Unfug könnte man auf eine Weise noch übertrumpfen, nämlich indem man den Satz auf folgende Weise weiterspinnt: Er hat das Talent, die Dramatik des Undramatischen zu erfassen, obwohl oder gerade weil er … «obwohl oder gerade weil» – das ist der größte Hit des populären Paradoxieunsinns, tagtäglich kann man ihn mehrmals hören.

Angenehmerweise stehe ich nicht allein mit meiner Abneigung gegen die Paradoxe. Eines Tages erinnerte ich mich eines hübschen diesbezüglichen Zitats aus dem «Zauberberg». Ich fragte den Thomas-Mann-Spezialisten Michael Maar, ob er es zufällig zur Hand hätte – räkelte mich also faul im Sessel und ließ Herrn Maar in dem tausendseitigen Roman nach der gewünschten Stelle suchen. Eigentlich nicht nett von mir! Um so netter von Herrn Maar, daß er die Mühe auf sich nahm, und zwar erfolgreich. Thomas Mann hatte seiner Figur Settembrini die folgenden Worte in den Mund gelegt:

«Ich verachte die Paradoxe, ich hasse sie! Lassen Sie sich alles, was ich Ihnen über die Ironie bemerkte, auch vom Paradoxon gesagt sein, und noch einiges mehr! Das Paradoxon ist die Giftblüte des Quietismus, das Schillern des faulig gewordenen Geistes, die größte Liederlichkeit von allen!»

Ich nehme an, Thomas Mann hat die Auffassung seiner Romanfigur über das Paradoxon geteilt, wenn auch gewiß nicht diejenige über die Ironie. Des weiteren nehme ich an, daß der allgemeine Leser keine Ahnung hat, was Quietismus ist. Diesen Mangel teilt er mit dem Zitierenden. Ist es nicht wunderbar, etwas zu teilen? «Sharing means caring», sagt der US-Bürger. Man könnte nachschlagen, könnte man wohl, doch ist man bekanntlich gegen die Verlockungen der Bequemlichkeit nicht immer gewappnet. Ist ja auch völlig «impe», wie nicht der US-Bürger sagt, sondern der alte Hannoveraner, also egal, was Quietismus ist, solange man weiß, daß er die Angewohnheit hat, Giftblüten zu treiben. Was soll Quietismus schon groß sein? Irgendwas Ruhiges wahrscheinlich! Schließlich fühlt man sich stark an das englische Wort «quiet» erinnert. Eine Lebensauffassung also, die verlangt, die Ruhe zu pflegen. Man sitzt bei Tisch, und keiner sagt was. Das kann eventuell beklemmend sein, doch eine giftblütenartige Stille ist immerhin einleuchtender als eine, die tost.

Feichte Brott

Da's nicht verboten ist und viel zu billig, mußte wieder einmal sinnlos, vernunfts- und eigentlich auch sittenwidrig durch die vielstrapazierte Luft geflogen werden, die einzuatmen man den armen Vögeln, die viel ältere Rechte haben als unsereiner, einfach so, den Lehren jeglicher Aufklärung trotzend, zumutet. Die populäre Quatschrechtfertigung «Das Flugzeug würde ja auch ohne mich losfliegen» war auch aus meiner inneren Argumentenkammer nie ganz zu vertreiben gewesen. Es war eine besonders unvernünftige Umsteigeverbindung, die ich gebucht hatte, und da Zwischenstopp-Flughäfen die Neigung haben, Gepäck zu verschlucken und es erst Tage später beschmutzt, verschrammt und mit schwer entfernbaren Aufklebern versehen wieder herzugeben, hatte ich vorsichtshalber eine kleine Notration ins Handgepäck getan: ein Paar Socken, U-Hose, Zahnbürste und -pasta. Die Durchleuchtungsspezialisten zählten zu den Spitzenkräften ihrer Sparte. So nahm es nicht wunder, daß sie die Zahncreme entdeckten und monierten. «Entschuldigung, ich wußte nicht, daß Zahnpasta zu den Flüssigkeiten zählt!» rief ich, worauf mir beschieden wurde: «Zahnpasta ist deswegen eine Flüssigkeit, weil sie streichfähig ist.» Ich nahm die naturwissenschaftliche Auskunft mit einem deeskalationsstrategisch ausgebufften «Ach so!» zur Kenntnis und schickte mich mit modernster deutscher Gelassenheit in die Aussicht, mit unperfekt riechendem Maul einzuschlafen und zu frühstücken. Zumal es ja ein, zwei Tage durchaus angehen mag, sich mit unbestrichener Bürste oder Kaugummi zu behelfen, obwohl das weniger befriedigend ist, als sich im Falle zwar vorhandener Pasta, aber fehlender Bürste die Zahncreme auf den Zeigefinger zu streichen und sich an den beim nachfolgenden Aufreiben entstehenden Quietschgeräuschen zu erfreuen, die interessant und sogar romantisch sind, weil sie an jenen Klang erinnern, der entsteht, wenn ein in Treue wartendes Mädchen den Dunst von einer beschlagenen Fensterscheibe reibt, um zu sehen, ob ihr Geliebter endlich aus dem Kriege heimkehrt. Doch er kommt und kommt nicht. Der Luftraum ist zu voll zur Rückkehr! So war es wohl nicht falsch, meine Einwände gegen die Flüssigkeitsdefinition verständnisvoll herunterzuschlucken, denn ich wollte ja nicht den Betrieb auf dem Flughafen verlangsamen, zumal die Zahncreme letzten Endes doch mitfliegen durfte. Ich hätte allerdings – hätte, hätte, hätte! – folgende wortschwallartige Widerrede halten können:

Jaja, oh mein Gott, gewiß: die Flüssigkeiten. Wollen Sie wissen, was jemand mit dem bald kalten und bald warmen Blick eines Mannes meiner Jahre zu genau diesem Thema zu sagen hat? Der Mensch kann 110 Jahre ohne Weihnachtsgeschenke leben, 99 Jahre ohne Liebe und 100 Tage ohne feste Nahrung. Angeblich! Auch zum Friseur muß man nicht ständig, und zur Darmspiegelung erst mit 50. Ohne Flüssigkeit jedoch naht das Ende ruckzuck, wenn nicht gar ratzfatz. Es ist schon vorgekommen, daß Verdurstende ihre eigenen Augen aßen! Ist ja auch logisch: Was weinen kann, muß reich an Flüssigkeit sein. Das wissen auch Friseure und stellen einem präventiv ein Glas Wasser hin. Welcher Friseur möchte schon am Abendbrottisch seinen Haushaltsgenossen erzählen: «Ich versah gerade Frau Grabow mit einem aktuellen unsymmetrischen Stufenpony, da aß sie plötzlich ihre Augen.» Das wäre ein arg unschönes Erlebnis, vergleichbar nur dem, daß man in einem kanadischen Greyhound-Bus sitzt und ein Typ enthauptet unvermittelt seinen Sitznachbarn. Geschah ja neulich! Oder am selben Tag der Bär in Rumänien: Zerfleischt einfach mir nichts, dir nichts einen Passanten, mitten in der Fußgängerzone von Kronstadt! Manchmal stellen die Friseure einem auch einen Kaffee hin, obwohl es ja immer heißt, Kaffee würde dem Körper Wasser eher entziehen als zuführen, was eine Gesundheitszeitschriftenfolklore ist, die sich mittels eines einfachen Selbstversuchs als Humbug entlarven ließe: Man trinke auf ex einen Liter altmodischen Filterkaffees. Unmittelbar danach baue man ein Trampolin auf und hüpfe wie nicht richtig im Kopf darauf herum. Was wird man hören? Nicht nur das Quietschen der Trampolinfedern, sondern auch ein heftiges Gluckern. Kaffee entzieht vielleicht irgendwelchen ominösen und kaum verifizierbaren Zellen Flüssigkeit, aber doch nicht dem Körper an sich, als solchem und überhaupt! Wie nämlich kann im Bauch eine Flüssigkeit gluckern, die dem Körper entzogen wurde? Die ubiquitäre Meinung über die flüssigkeitsraubende Wirkung von Kaffee ließe sich vermutlich wieder einmal am besten durch die volkstümliche Vorliebe für alles Paradoxe erklären …

Noch besser, man trinkt von früh bis spät zimmerwarmen Kräutertee. Macht sich morgens eine Riesenkanne, deren Inhalt, auf viele Tassen und Becher aufgeteilt, an allen herumlaufmäßig bedeutsamen Punkten in der Wohnung abgestellt wird. Bei jedem Vorbeigehen an einem Becher nimmt man einen guten Schluck. So bleibt man im Stoffe für das Großartige, das jedem Menschen Tag für Tag zu tun aufgetragen ist. Es kann freilich – der Mensch ist schwach, das schwächste Material überhaupt – passieren, daß man lieber etwas ganz anderes trinkt und die Becher über Nacht stehenbleiben. Am Morgen wird die Teeoberfläche in solchen Fällen von einer wunderbar schimmernden, vielfach durchrissenen Haut bedeckt sein, und wenn wir in der Lage sind, Beleuchtungskörper oder die Sonne auf diese vermutlich bakteriell erzeugten Faszinationsflächen zu richten, sollten wir uns nicht scheuen, zu einer Kamera mit guter Makrofunktion zu greifen. Es wird nämlich Spiegelungen festzuhalten geben, und indem man das tut, ehrt und würdigt man den Zauber des magischsten Platzes der Welt, nämlich der eigenen Wohnung. Ich besitze selbsterzeugte Kräuterteefotos, die ich ohne weiteres den ruhmreichsten Wissensburgen der Welt als Sensationen verkaufen könnte. Könnte also sagen: «Gucken

Sie mal, das ist ein Saturnmond, der noch nicht allzu häufig so detailliert abgelichtet worden sein dürfte, geben Sie mir bitte ca. 500 000 Dollar, dann dürfen Sie mit dem Foto machen, was Sie wollen!» Ich biete die Bilder jedoch niemandem an, und zwar aus purer, eitler, wohlbesonnener Bescheidenheit … Ätzt es Sie schon unter Ihren superbuschigen Armwipfeln, aus lauter Ungnade über das, was ich hier vorbringe? Ja, ich merke schon, die Schlange hinter mir wird immer länger. Auch wird der Ruf nach einer dem Unfug ein Ende bereitenden Polizei laut. Eines müssen Sie mir aber noch vor meiner Festnahme verraten: Welcher ist Ihr Lieblingssaturnmond? Es gibt 22, kommen Sie, einen müssen Sie doch besonders gut finden! Einer von denen soll ja blank wie eine fabrikneue Billardkugel sein, ein anderer mit Einkerbungen nur so übersät, so daß die Himmelsforscher sagen: «Hm, da hat es bestimmt mal Wasser gegeben oder zumindest Methan – ist ja auch eine Flüssigkeit, dauerextremwinterliche, kuhferne Verhältnisse vorausgesetzt.» Dann gibt's aber noch zwanzig andere. Und Sie lieben keinen davon? Sie lieben keinen einzigen Mond von 22? Wie kalt sind Sie eigentlich? Was muß das Universum Ihnen denn noch bieten, um so etwas wie Empathie in Ihnen zu erwecken? «Empathie» kennen Sie auch nicht? «Empathie» ist aber auch wirklich ein Laberheiniwort der Übelstklasse – ich beglückwünsche Sie daher nachgerade dazu, daß Sie es nicht kennen. Aber Ihre Frau werden Sie ja wohl lieben, oder haben Sie etwa selbst eine solche nicht? Keinen Lieblingssaturnmond und noch nicht mal eine Frau oder ein sonstwie entsprechendes Anhängsel – ist es das, was man ein grabschlechtes Lebensgeschick nennt? Na, dann werden Sie doch wenigstens am Abend gern mal einen Schluck Wein zu sich nehmen! Wissen Sie, mein lieber Durchleuchter, ich habe vor kurzem einen südwestdeutschen Weinkenner gesprochen, der lobte eine Flasche mit den Worten: «Ein Wein, daß man sich wünscht, einen Hals wie eine alte Kirchentreppe zu haben.» Verstehen Sie das Bild? Die Treppe so stark ausgetreten, daß sich auf jeder Stufe Dellen gebildet haben, in denen das Gnadengesöff freudverlängernd hängenbleibt. Hm! Flüssigkeiten! Besser als Leberwurst sind sie beinahe alle.

Das kleine Problem allerdings, das ich eigentlich hatte ansprechen wollen, besteht jedoch darin, daß sich Flüssigkeiten unter hiesig vorherrschenden, also unsaturnisch unkalten Verhältnissen von der Leberwurst dadurch unterscheiden, daß sie eben nicht streichfähig sind. Sie werden in große Schwierigkeiten geraten, wenn Sie versuchen, Wein oder Wasser mit Hilfe Ihres altvertrauten Schmiermessers in Berührung mit Brot zu bringen. Sie werden beide zu keinerlei Streichfähigkeit beschwatzen können. Wissen Sie, was Sie haben werden? Keine Freude werden Sie haben, und Sie werden «feichte Brott» haben, wie unsere Freunde in Osteuropa sagen.

Feichte Brott, das mechtens nich, gell? Missens warten, bis der Winter kummt mit seine Schnä. Seine scheen streichfähige Schnä. Kennens Schnä auf Brott streichen und Schnäbrott an reiche Leit in Fußgängerzonne verkaufen.

Mein preußischer Nachmittag

Ein interessanter Aspekt in Zusammenhang mit der Texterstellung ist, *wann* man etwas zu Papier bringt. Ich meine jetzt nicht die Frage nach der bevorzugten Tageszeit, die in Interviews mit Schriftstellern so gern gestellt wird. Geschrieben wird natürlich zu allen Zeiten, in denen man nicht schläft, ißt, Bürodreck erledigen muß oder Geselligkeit betreibt, kurzum, man schreibt, wenn man ruhig und bei Sinnen ist. Ob das in Frank Sinatras «wee small hours of the morning» ist oder nachmittags, hat keine Bedeutung, sehr wohl aber der zeitliche Abstand zwischen einem Erlebnis oder Ereignis und der Niederschrift seiner Erinnerung daran. Wenn man zu bald schreibt, ist das Ergebnis vielleicht frisch und «nah dran», aber vielleicht auch O-Ton-artig platt. Es ist besser, wenn man etwas Erinnertes zunächst im Hirnkasten verschließt, damit es Verbindungen mit anderem, was dort gärt und lagert, eingehen kann, auf daß ein guter dunkler Sud entstehe, den man, wenn der Tag gekommen ist, in die Tastatur gießt. Allzulang sollte man aber auch nicht warten, denn es mag passieren, daß zu bestimmten Themen eine allgemeine mediale Retrospektive einsetzt, die die persönliche ordnende Rückschau verfälschen oder vergiften kann. An die West-Berliner Punk- und New-Wave-Zeit beispielsweise kann man sich heute kaum noch fein und säuberlich erinnern, weil seither Tonnen von Artikeln und Fernsehfeatures zu dem Thema in die Nachwelt geschickt worden sind, in denen rein gar nichts von dem vorkommt, was einem damals etwas bedeutet hat, und die immer gleichen Räuberpistolen aufgewärmt werden, wie zum Beispiel die, daß Punks und Waver ihre Energie vor allem aus dem Haß auf die Hippies, ihre «Wabermusik» und lasche Friedlichkeit gespeist hätten. In Wahrheit waren die Übergänge zwischen den Fraktionen fließend, in der Aufmachung wie im Denken, in der Musik durchaus auch, und es gab zahlreiche friedvolle und fruchtvolle Kontakte. Die Medien zeigen in ihren Zeitgemälden nicht das, was signifikant war, sondern das, wovon sie eben Bildmaterial haben. Immer wieder wird zum Beispiel an eine lächerliche Straßenschlacht zwischen Punks und Poppern erinnert, die 1980 am Hermannplatz stattgefunden hat und die jedermann, der damals in West-Berlin zugange war, mit den Worten kommentierte, es gebe hier doch gar keine Popper und daß die vermeintliche Auseinandersetzung wohl eine Inszenierung des Springer-Blattes «BZ» gewesen sein dürfte. Es existiert aber Fernsehmaterial davon, und nun sieht es so aus, als ob die Rauferei ein relevantes zeittypisches Ereignis gewesen wäre.

Man kann seine Erinnerung an bestimmte Lebensereignisse freilich auch selbst verfälschen, indem man sie immer wieder anekdotenhaft verkürzt anderen Leuten erzählt. Es wird nicht lange dauern, und man erinnert sich nur noch an die jeweils letzte Erzählvariante, hinter der das tatsächliche Ereignis allmählich erlischt.

Ich möchte nun über eine Begegnung aus der späten Punk- und New-Wave-Zeit berichten, die nichts mit Punk oder New Wave zu tun hat, dafür um so mehr mit dem literarischen Chanson der zwanziger Jahre und mit afrikanischer Musik. Meine Erinnerung daran ist blaß, gewiß auch lückenhaft, aber sicherlich nicht durch langjähriges Anekdotieren verfälscht, schließlich habe ich kaum jemals davon gesprochen, und zwar aus dem schlichten Grunde, daß ich nie danach gefragt worden bin und die Geschichte niemanden, den ich kannte, je interessiert, geschweige denn beeindruckt hätte. Da aber die Erinnerung an das Erlebte, eine Einladung zu einem sonderbaren Nachmittags-Tee, auch nach 22 Jahren nicht von mir weicht, erscheint es mir möglich, daß ihm eventuell doch ein Kern von Bedeutsamkeit innewohnt.

Es fing damit an, daß ich, wie an so manchem Tag, einer reizvollen Beschäftigung namens «nach Wohnungen gucken» nachgegangen war, die darin bestand, ein Stadtviertel zu durchstreifen und nach Häusern Ausschau zu halten, in denen ich gern wohnen würde, um mich später telefonisch bei der Hausverwaltung nach Leerstand zu erkundigen. Das schien mir sinnvoller, als in Tageszeitungen Annoncen zu studieren und bei der Besichtigung festzustellen, daß die angebotene Wohnung in einem verwahrlosten Haus an einer lauten Ecke liegt. Bei dem genannten Streifzug entdeckte ich in einer überfüllten, daher offenstehenden Mülltonne einen Stapel Schallplatten, Testpressungen in weißen Hüllen – Rezensionsexemplare für die Presse. Ein Journalist hatte wohl ausgemistet. Es handelte sich um wenig verlockendes Zeug, Opernquerschnitte, Folklore usw., aber eine Platte interessierte mich. «HEITER UND BESINNLICH Folge 14 – In den Abendwind geflüstert – Blandine Ebinger singt Chansons von Friedrich Hollaender».

Die Lieder gefielen mir sehr. Von einem befreundeten Schallplattensammler erfuhr ich, daß «die Ebinger» als Legende gelte, allerdings nur in Kennerkreisen, und «seinerzeit» mit Friedrich Hollaender verheiratet gewesen sei, der ihr in den frühen Zwanzigern den Chansonzyklus «Lieder eines armen Mädchens» auf den Leib geschnitten habe. Dieser wiederum sei zweifelsohne eines der bedeutendsten Musikwerke der Weimarer Republik, im Rang gleich hinter der Dreigroschenoper stehend. In den Dreißigern habe sie emigrieren müssen, sei aber zurückgekehrt und habe erst kürzlich hochbetagt einige vielumjubelte Comeback-Konzerte gegeben. Des weiteren erfuhr ich, daß sie mit vollständiger Adresse im Telefonbuch stehe. Worauf ich ihr eine Postkarte schrieb mit der Frage, ob sie mir erlaube, eines ihrer Chansons, «Das Currendemädchen», zu covern, und zwar mit einem «elektronischen Arrangement».

Bald klingelte das Telefon. Blandine Ebinger sagte, sie möchte sich mit mir unterhalten, ob ich sie nicht einmal besuchen wolle. Da ich damals – was sich kaum geändert hat – nur selten Anrufe von Leuten bekam, die mit Bertolt Brecht, Marlene Dietrich und weiß Gott mit wem noch allem persönlichen Verkehr gepflegt haben, war ich recht verdattert und wußte nicht, was ich sagen sollte; mir war nur klar, ich darf auf keinen Fall erwähnen, daß es eine Mülltonne war, die mir die Bekanntschaft mit ihrem Œuvre vermittelt hat, und muß wohl irgend etwas wie «Ich finde Ihr Material echt gut» gesagt haben, denn aus der Muschel kam es ziemlich scharf zurück: «Ma-te-ri-al!»

«Wie bitte?»

«Ma-te-ri-al! Sie haben ‹Matrial› gesagt. Wenn Sie etwas singen wollen, dürfen Sie keine Silben verschlukken!»

Ich dankte für den unerwarteten, aber bei genauer Betrachtung durchaus angebrachten Rat und nahm ihre Einladung an.

Ohne Rosen und Krawatte, doch selbstverständlich ordentlich gebürstet und gewaschen, stand ich wenig später vor einer Apartmentanlage in Berlin-Wilmersdorf und schärfte mir ein allerletztes Mal ein: nicht die Mülltonne erwähnen und auf gar keinen Fall «Matrial» sagen! Und schon gar nicht «Matajahl». Wenn ich «Matajahl» sage, schmeißt sie mich glatt raus.

Ich holte tief Luft und drückte auf die Klingel. Der

Ehemann der Diseuse, nicht der zehn Jahre zuvor verstorbene Friedrich Hollaender, sondern sein Nachfolger, vier bis fünf Jahrzehnte jünger als sie selber, öffnete mir und geleitete mich in einen geräumigen Wohnraum, in dem Frau Ebinger mich stehend erwartete und sogleich zu erkennen gab, daß sie an einem allzu langen einleitenden Geplänkel kein Interesse habe. Sie deutete auf einen eher legendenunwürdigen billigen Radio-Recorder und forderte mich auf, eine Kassette mit «elektronischen Arrangements» einzulegen, die mitzubringen sie mich am Ende unseres Telefonats gebeten hatte. Ich legte ein, wir setzten uns, Frau Ebinger lauschte ernst und konzentriert, ich schwitzte und nahm erstens an, knallrot im Gesicht zu sein, und zweitens, einer alten Dame etwas zuzumuten. Die selbsterzeugte Elektronik rann vorbei, und Frau Ebinger sagte: «Das war hochinteressant. Es hat mich sehr an afrikanische Musik erinnert.» Diesen Vergleich fand ich übertrieben freundlich, aber im Prinzip richtig. Wir versicherten einander, große Freunde der afrikanischen Musik zu sein. Anschließend wurde der Ehemann, der sich nach der Begrüßung zurückgezogen hatte, aber gerade Tee hereinbrachte, gebeten, eine ebenfalls «hochinteressante» Kassette aus dem Völkerkundemuseum in den Recorder zu legen. Nun begann das große Getrommel.

Es trommelte und stampfte, man knurrte auch und zischte. Durchaus nicht übel, doch wurde bald klar, daß die Musiker sich dereinst nicht getroffen hatten, um eine Single aufzunehmen, sondern um den angereisten Musikethnologen ein ungekürztes Geisterbeschwörungsritual ins Mikrophon zu liefern. Dieses mußte nun durchlebt werden. Es wäre nicht möglich gewesen, sich in Konversation zu flüchten, denn wenn Musikfreunde anderen Musikfreunden Musik vorspielen, und um eine solche Situation handelte es sich hier doch wohl, dann wird erst wieder geredet, wenn das Musikstück vorbei ist. «Reinquatschen» gilt als ignorant. Außerdem hat sie ja auch nicht geredet, als ich ihr meine Elektronik vorspielte, von der ich allerdings nur zwei Minuten mitgebracht hatte. Eine Beendigung der akustischen Vorführung herbeizuführen, war noch weniger denkbar, denn schließlich setzt man sich nicht in das Wohnzimmer von etwas Ähnlichem wie Marlene Dietrich und sagt: «Könnse nicht mal was anderes auflegen?» Nach einer Viertelstunde wußte ich absolut nicht mehr, wo ich noch hingucken sollte. Ich hatte die Wohnungseinrichtung schon nahezu auswendig gelernt. Eine dreistufige Treppe war da, mitten im Zimmer. Ich dachte: Wenn ich einmal so alt bin, möchte ich aber bitte keine Treppe im Wohnzimmer haben. Wie heißt noch einmal das, was sich alte Damen zuziehen, wenn sie stürzen? Ach ja, «Oberschenkelhalsbruch» heißt das. Nun hatte ich neben «Mülltonne» und «Matajahl» noch ein drittes Wort, das ich im weiteren Gespräch keinesfalls erwähnen sollte.

Mein Gott: trommel, trommel, trommel. Der dunkle Kontinent: Wiege der Menschheit, aber auch Wiege der

Monotonie. Es nahm und nahm kein Ende. In Richtung meiner Gastgeberin konnte ich nicht schauen, da sie ihrerseits unentwegt und unbewegt mich im Visier hatte. Wollte sie meine Contenance und Duldsamkeit einer Prüfung unterziehen, oder war sie einfach mit offenen Augen eingeschlafen? Ich hätte sie gern fotografiert, wagte jedoch nicht, meinen Apparat hervorzuholen. Ein schönes Bild wäre das geworden: das Inbild einer «reizenden alten Dame», Jahrgang 1899, doch hinter der Fassade ein ziemlich scharfer Hund, in einem viel zu wuchtigen Seniorensessel. Sie war so klein, daß die Füße nicht den Teppich berührten, sondern baumelten.

Es handelte sich um eine vollbespielte C-60-Kassette, d.h., die Trommelei war, da meine Gastgeberin die Freundlichkeit besaß, die Kassette nicht umzudrehen, nach einer halben Stunde vorbei. Statt nun in irgendeiner Weise auf die Absichten einzugehen, die sie mit der langwierigen Perkussionsdemonstration verbunden haben mochte, forderte mich Frau Ebinger auf, aufzustehen und mich direkt vor ihren Sessel zu stellen.

«Kommen Sie ruhig noch ein Stück näher! Und nun tragen Sie mir ‹Das Currendemädchen› vor.»

Ach du Schreck! Einer greisen Diseuse mit baumelnden Beinen in einem Abstand von einem halben Meter ihr eigenes legendäres Chanson vorsingen! Das hatte mir gerade noch gefehlt! Doch ich sang:

«Auf den Höfen, Geldes wegen, singen wir Currendemeechen ...»

«Lauter!»

«Auf den Höfen, Geldes wegen, singen wir Currendemeechen …»

«Ich habe gesagt: lauter!»

«Okay. Auf den Höfen, Geldes wegen, singen wir Currendemeechen …»

«Warum singen Sie ‹Meechen›? Es heißt ‹Mädchen›.»

«Das ist Alt-Berliner Dialekt! Sie singen es doch auch so.»

«Nein. Ich singe es *nicht* so.»

«Doch! Sie singen es genau so! Ich habe die Platte ja fünfzigmal gehört», sagte ich *nicht* und fuhr fort:

«Also gut: Mädchen. Auf den Höfen, Geldes wegen …»

«Lassen Sie Ihre Arme aus dem Spiel! Und stehen Sie gerade!»

Inzwischen fand ich die Situation nicht mehr «so richtig gut». In den labbrigen siebziger und achtziger Jahren war man ein solches Treatment einfach nicht gewöhnt. Was da im Seniorensessel vor mir saß, war der Geist des alten Preußen! Preußen – das kannte ich nur aus irgendwelchen Pickelhauben-Ausstellungen, und plötzlich saß es winzig vor mir und verlangte, daß ich gerade stehe und lauter singe! Die von mir nicht gewünschte Prüfung wurde abgebrochen. Die Verabschiedung vollzog sich sehr höflich und recht unherzlich.

Ich war damals einfach noch nicht so weit, solcherlei künstlerische Strenge für schätzenswert halten zu können. Mittlerweile denke ich wieder mit Wärme an Blandine Ebinger zurück, an meine erste und letzte Begegnung mit dem wahrhaftigen Preußen. Irgend etwas Wichtiges habe ich bestimmt von ihr gelernt. «Matrial» sage ich allerdings noch immer, immerhin aber nicht «Matajahl». Menschen, die heute in dem Alter sind, in dem ich vor einem knappen Vierteljahrhundert war, haben keinerlei Gelegenheit mehr, solche Menschen kennenzulernen. Sie sind unwiederbringlich verschwunden, was gewiß sehr schade ist. Die Frage, ob es darüber hinaus auch ein kleines bißchen wunderbar ist, wollen wir aus Respekt vor dem kulturellen Erbe hintanstellen.

Das Alter und die teure Stadt (Fünf Gurken)

MAN muß erkennen, daß man ein Alter erreicht hat, in dem man sich eine Wedgwood-Vase oder etwas Ähnliches auf den Kopf stellen müßte, um etwas Angenehmes im Spiegel zu sehen. Man ist kein junges Ding, sondern ein Hase, ja sogar ein Schwede, eine Sau, Pottsau womöglich, auf jeden Fall: Man ist was Altes, unumkehrbar – halb ausgelernt, halb angefault, also ältelnd, angemürbt, so couperös wie muskellasch und knochenmorsch, nicht mehr ganz pfirsichhaft, ohjemineh, man muß erkennen: Zwar humpelt man noch nicht am Morgen, zwar hustet man noch nicht am Abend, zwar denkt man noch nicht täglich an das Würmerheer, doch brutzelt man bereits in der Alterspfanne, und das Fett spritzt nicht unbedingt in die ehrfurchtsvoll geweiteten Augen junger Adepten. Das Fett spritzt einfach «random»-mäßig durch die Apartmentanlage, es spritzt bis an die Lampe, und nicht jeder kann sich eine Osteuropäerin leisten, geschweige denn eine Westeuropäerin, noch mehr zu schweigen von einer Bewohnerin der Londoner Stadtteile Mayfair oder Belgravia, die die zahlreichen und weit auseinanderliegenden Fettspritzer aufwischt, nicht allzu laut ächzend mit ihrem aufwischend drall hingereckten Po. In Belgravia wohnt niemand, der einem die Küche wischt! Dort wischen einem Menschen die Küche, die tagtäglich fünfzig bis hundert Kilometer in die Stadt «commuten» müssen, um Arabern und Russen die Fettspritzer wegzuwischen. Was für ein Irrsinn, in London zu leben! London! Was ist da schiefgelaufen? Wenn mir dereinst kühl wird vorm Dahinsterben, sag ich den Betreuern und Versorgern: Bedecket mich mit Zeitungstexten, in denen steht, wie unglaublich teuer London geworden ist, denn unter diesem Zeitungshaufen wird mir sicher warm, weil er dick ist und täglich wächst wie der Sorgenhaufen eines Mannes, der sich Fragen stellt. Man würde niemals frieren unter einem solchen sicheren Haufen!

London! Ich meine: London …, und wenn ich London sage, meine ich wirklich London, und zwar nicht London/Ontario (in Kanada), sondern das richtige, schlimme London, und wenn ich das echte, einstmals so swingende, vorübergehend auch punkig rülpsende London meine, sobald ich von «London» spreche, tue ich das aus dem gleichen Grunde, aus dem ich nicht Frankfurt an der Oder meine, wenn ich von Frankfurt spreche, und schon gar nicht meine ich Frankfurt an der Oder, wenn ich von Zürich spreche, denn das wäre ja irreführend, Frankfurt an der Oder zu meinen, wenn man Zürich sagt. Da kämen manche Leute ja gar nicht mehr mit – die verstehen halt nichts von Abstraktion, und an Leute, die partout keine Abstraktion verstehen, sollte man hin und wieder auch mal denken. Deren Leben ist auch nicht ohne Reiz und Zweck! Zürich, liest man, sagt man auch, soll ebenfalls nicht günstig sein. Ich aß dort einmal einen Döner für 6 Franken 50. Das waren umgerechnet etwa 9 Mark. (Damals herrschte noch die Mark.) Da dachte ich: Verflixt, ist so ein Döner teuer in Zürich! Für das Geld hätte ich in Berlin ja drei Döner essen können! Bzw. einen Döner selber essen und die beiden anderen chancenlosen jungen Leuten aus dem Wrangel-Kiez geben können.

Vielleicht sollte man in Zürich auch nicht ausgerechnet Döner essen, sondern lieber eine einfache Schweizer Bergrübe, dazu vielleicht einen einfachen Schweizer Waldpilz. Nichts Monumentales also. Jahrhundertelang haben das die Schweizer so betrieben: grober Holztisch, mittendrauf eine Eisenpfanne, draußen heulte der Wind der armen Leute, und alle mit den Fingern reingegrabscht in die Pfanne, erst ein Gebet, dann ein Stück Bergrübe, ein Stück Pilz, schließlich wieder ein Stück Bergrübe, und als Nachtisch nichts als genügsam frommes Bauerngemurmel. Und waren sie unzufrieden? Nein! Die waren vielleicht sogar viel glücklicher als wir heute mit unseren elektrostatisch aufgeladenen Heimkinos! Ist doch lächerlich! Wir verwandeln unsere Wohnungen in DVD-Abspielstationen und behaupten auch noch, wir seien glücklich!

Doch dann fuhr ich nach London und trank einen Cappuccino. Der kostete zwei Pfund, umgerechnet sechs Mark, obwohl damals schon der Euro herrschte. Da dachte ich: Ich hätte eigentlich gedacht, daß ein Cappuccino in London mehr kostet als ein Döner in Zürich, aber so kann man sich irren. Cappuccino, sechs Mark, ist doch eigentlich nicht *so* schlimm, ich meine, schon ein bißchen schlimm, aber nicht «schlimm-schlimm». Cappuccino, sechs Mark, ist schlampig gerechnet etwa wie Gurke, fünf Mark. Man würde zwar denken, davon könnte man in Berlin fünf Gurken essen, kauft sich die Londoner Gurke aber trotzdem, denn man will ja eh nur eine Gurke essen und nicht fünf. Doch bleiben wir schön in Deutschland, essen mal eben fünf Gurken und führen dabei folgendes Gespräch:

«Ich kenne jemanden, der hat eine zehn Quadratmeter große Wohnung in einem nicht so tollen Londoner Stadtteil und bezahlt dafür umgerechnet tausend Euro.»

«Das war vielleicht vor fünf Jahren so! Ich kenne jemanden, der mit Wolfgang Tillmans befreundet ist, aber nicht so stark, daß es ihm nützen würde, und der bezahlt für eine sieben Quadratmeter große Wohnung in London fünfzehnhundert Euro.»

«Ihr wart wohl beide schon länger nicht mehr in der Hölle! Ich kenne jemanden, der sogar mit Tyler Brûlé befreundet ist, allerdings gleichfalls nicht so stark, daß es ihm Vorteile brächte, und der bezahlt für eine vier Quadratmeter große Wohnung zweitausend Euro.»

Was waren das noch für Zeiten, als Leute damit prahlten, daß sie ein großes Auto, einen besonders flachen Flachbildschirm oder, als denkbaren Backlash, einen besonders dicken Flachbildschirm hätten!

Heute übertrumpfen sie einander damit, daß sie jemanden kennen, der für eine möglichst kleine Londoner Wohnung möglichst viel Geld ausgibt.

Vor dreißig Jahren fuhren junge Leute für Wochen nach London, aßen hie eine Weintraube und da ein Würstchen, tranken Bier und kehrten mit hundert Singleschallplatten, das Stück für allerhöchstens fifty Penny, unverarmt und kugelrund zurück. Heute drücken sich junge Europäer mit knurrenden Mägen die Nasen platt an den Fenstern der Reisebüros, die London-Reisen anbieten. Hätte man Wirtschaftskenntnisse, könnte man sagen, woran das liegt, aber da einen nie eine höhere Instanz daran gehindert hat, seine formativen Jahre mit Knalloballo-Kultur zu verplempern, hat man natürlich keine Ahnung und muß dröge vermuten, daß es wohl der schiere Monetarismus sei oder eben die olle Thatcher, die an allem letztlich die Schuld trägt. Ja, die herrliche Herrscherin mit den schönen Haaren und den schönen Beinen und den schönen Schuhen wird wohl nach wie vor schuld daran sein.

Vor zwanzig Jahren wäre man öffentlich zerfetzt worden, hätte man gesagt, daß man dem eleganten Drachen durchaus Positives abgewinnen könne. Heute verneigt sich die gesamte kluge Welt vor der standhaften Frau, selbst wenn sich einige der Verneigenden gegenseitig zutuscheln mögen, die in toto zwar vergötterungswürdige Prunkperson hätte auch manchen Übelstand verbockt.

Vor zehn Jahren bin ich einmal mit einem Auto und drei einem milden Vortrag zugänglichen Menschenwesen durch Portugal gereist, und während langer Überlandfahrten hörten wir das gesamte Sechs-Kassetten-Hörbuch mit den politischen Erinnerungen Margaret Thatchers: «The Downing Street Years», gesprochen von dem Seidendrachen höchstselbst. Eine herrliche Reise! Ein besonderes Erlebnis stellte sich ein, wenn es um unschuldige Anschlagsopfer ging und sie ihre Stimme daraufhin in gute warme Anteilnahme tunkte. Einige Jahre später war ich abermals in Portugal, und mir gefiel es gar nicht mehr. Warum? Die Stimme von Margaret Thatcher fehlte. Ohne diese Stimme, die sich bei der ersten Rundfahrt wie ein kilometerlanges Hermès-Tuch um die Bergkuppen geschlungen zu haben schien, war mir Portugal ein Land ohne Sinn und Tiefe geworden.

Übrigens hat Margaret Thatcher niemals nur auf für ihr Alter erstaunlich schönen Beinen gestanden und schön gesprochen, sondern im Gegensatz zu jener nicht besonders interessanten toten jungen Dame, die Königin der Herzen genannt wurde, immer wieder auch Gutes gesagt. Als ihr nach einem Fußballsieg der Deutschen über die Engländer zu Ohren gekommen war, Helmut Kohl habe sich erfreut darüber geäußert, daß man die Engländer ausgerechnet in ihrem Nationalsport habe übertrumpfen können, ließ sie ihrem mehrmaligen Deidesheimer Tischherrn mit ihrer schönen Stimme, wenngleich sehr kühl ausrichten, daß die Engländer die Deutschen in deren «Nationalsport» im 20. Jahrhundert bereits zweimal besiegt hätten.

Sprachschüler auf aller Welt sollten zum Frühstück einen Teller Haare von Margaret Thatcher essen, damit sich die DNA überträgt und somit die schöne Aussprache. Woher allerdings die vielen Haare nehmen? Man müßte sie züchten, wie Pilze, auf dem Dung siegreicher englischer Rennpferde. Die große, sonst nur durch unnötige Streitigkeiten auffällig gewordene Insel Zypern würde sich zum Damenhaaranbau bestens eignen.

Ein bißchen mehr Bedeutung wäre manchmal schön

EXKLUSIVE Damenarmbanduhren für 29,90!» Gar nicht so selten trifft man auf Fälle, in denen Wörter auf eine Weise verwendet werden, die ihrer eigentlichen Bedeutung diametral entgegensteht. «Exklusiv» sind an und für sich Waren oder kulturelle Angebote, die für Leute mit bestimmten finanziellen, hierarchischen oder geistigen Voraussetzungen geschaffen sind, die breite Masse jedoch ausschließen. Die als exklusiv bezeichnete Armbanduhr hingegen wird in enormer Stückzahl hergestellt, somit kann sie sich jeder leisten, der halbwegs zu haushalten versteht – sie ist also das exakte Gegenteil von exklusiv. Trotzdem wird keiner der Angesprochenen je fragen: «Warum sagt man uns ‹weiß›, wenn ‹schwarz› gemeint ist?» Man ist an die Begriffsverwirrung gewöhnt. Als z. B. neulich die Lokführer streikten: Immer wieder hörte man, auf den Bahnhöfen herrsche Chaos. Ich bin kein großer Chaostheoretiker, weiß noch nicht einmal, ob Chaostheorie überhaupt noch in Mode ist, aber eines weiß ich sehr wohl: daß nämlich Stillstand ein zwar meist nicht wünschenswerter, jedoch sehr ordentlicher und daher vollkommen unchaotischer Zustand ist. Erst wenn die Lokführer sich entschlössen, die Züge per Würfelwurf oder Streichholzziehen in Richtung *irgendwo* zu steuern oder sogar, wie einst Christian

Anders, nach *nirgendwo*, den nach Konstanz ausgewiesenen Zug beispielsweise nach Greifswald, und umgekehrt, hätten wir uns mit etwas auseinanderzusetzen, was man mit Fug und Recht ein Chaos nennen könnte. Bürger und Liebhaber der Hansestadt Greifswald sollen übrigens wissen, daß ich diesen Ort normalerweise nicht als Synonym für «nirgendwo» verwende, sondern weiß, daß er einen festen, wohlgeachteten und nur durch ganz und gar unwünschenswerte geologische Extremvorkommnisse veränderlichen oder auslöschbaren Sitz auf der Landkarte hat.

Viele an sich scharf konturierte Begriffe haben nebenbei eine Art volkstümlicher Schwabbel- oder Tralala-Bedeutung. Wenn einem am Kaffeeautomaten jemand erzählt, graues Winterwetter mache ihn depressiv, dann weiß der Empfänger dieser Information durchaus, daß der Wetterfühlige nicht aus der Welt gefallen ist und unansprechbar in einer licht- und hoffnungslosen Ecke sitzt, also unter einer klinischen Depression leidet, sondern daß er es einfach besser fände, wenn die liebe Sonne endlich mal wieder zu scheinen geruhte. Ähnlich sieht es mit dem Selbstbewußtsein aus. In der Alltagssprache wird ein gewisser autogener Wellness-Faktor so bezeichnet, nämlich der Umstand, daß jemand aufrecht durch seine Gegenden geht und nicht allzu sehr mit seiner Unvollkommenheit hadert. Unberührt davon bleibt die Art, wie der Begriff in seinen Ursprungssphären verwendet wird, der Philosophie und Psychologie, wo er nicht unbedingt für etwas Wohlbefindensdienliches steht.

Schwabbelbedeutung und Kernbedeutung befinden sich also oft in friedlicher Koexistenz. Eine Ballade bleibt auch dann ein vielstrophiges Gedicht dramatischen Inhalts, wenn die meisten Verwender des Wortes sagen: «Eine Ballade ist so ein langsames Lied mit Klavier zum Kuscheln», und Romantik bleibt eine Kunstepoche, auch wenn weithin gemeint wird: «Romantik ist, wenn Kerzen brennen und so langsame Lieder mit Klavier zum Kuscheln gespielt werden.» Zumal Germanisten wahrscheinlich etliche Textstellen hervorsuchen könnten, die belegen, daß schon die Romantiker selber diesen Begriff in der Abendrot-, Kerzen- und Kuschelbedeutung verwendet haben.

Bedeutung tut not. Manchmal möchte man einfach bloß wissen, was etwas ganz genau bedeutet. Wie wendet man z. B. ein allgemein bekanntes, trotzdem nicht häufig gebrauchtes Wort wie «geschmäcklerisch» präzise an? Wird mit dieser Eigenschaft vielleicht ein Kritisieren gekennzeichnet, das nicht auf Kenntnissen beruht, sondern lediglich auf persönlichen Vorlieben, also ein bloßes Meinen und Meckern? Könnte sein, könnte auch nicht sein. Guckt man eben mal ins allgemeine Wörterbuch, was einen nicht schlauer macht, worauf man anschließend zu einem Lexikon greift, welches sich der Etymologie widmet, einer wissenschaftsartig betriebenen Spökenkiekerei, auf die übrigens viele

Leute mit einem sonderbaren Kinderglauben blikken. Das Wort steht aber gar nicht drin. Da man nun jedoch schon den dornenreichen Weg zum Buchregal zurückgelegt und den schweren Wälzer herausgezogen hat, wird – wie's so passiert – noch ein wenig herumgeblättert, wobei man auf das Wort «glimpflich» stößt. Ist zwar nicht «geschmäcklerisch», aber auch hübsch. Aha, soso: Von althochdeutsch «gilimpflih» über frühneuhochdeutsch «glimpf» und mittelhochdeutsch «gelimpf» ist es in unsere Zeit gelangt. Ist ja allerhand! Nur: Welchen Nutzen bringt diese Belehrung? Selbst wenn sie einen interessierte, wer bürgt für die Richtigkeit der Auskünfte? «Glimpf, glumpf, glampf» kann schnell mal irgendeiner in ein Lexikon schreiben und das Etymologie nennen. Es sollte keiner ein altmodischer Narr sein und herkömmlichen Nachschlagewerken grundsätzlich mehr trauen als der Wikipedia. Wo ist nachzuschauen, wenn man nicht wissen möchte, was ein Wort vor fünfhundert Jahren angeblich bedeutet hat, sondern Auskunft darüber wünscht, wie es in diesen, ganz momentan dick und prachtvoll zu erlebenden Tagen sinnvoll anzuwenden wäre? Warum gibt es kein Wörterbuch mit aktuellen ausführlichen Wortbedeutungsanalysen? Was machen eigentlich Germanisten den ganzen Tag? Sie sollten sich mal alle zusammenhocken in einem ihrer Tübingens und Göttingens und beschließen, die nächsten zehn Jahre mit dem Erstellen eines solchen Werkes zu verbringen. Herausfinden, wie bedeutende Sprachanwender in den letzten, sagen wir hundertfünfzig Jahren – Sprache veraltet ja längst nicht so schnell, wie oft behauptet – z. B. das Wort «geschmäcklerisch» und andere wichtige, aber heikle und schwer anwendbare Wörter gebraucht haben. Ich habe Eichenholzkommoden und seltene Reggae-Singles, die ich verkaufen könnte, um mir dieses anspruchsvolle und daher ganz bestimmt nicht billige Standardwerk zu leisten.

Es gibt einige hoffnungslose Vokabeln, an denen sich auch die willigsten Germanisten analysierenderweise kaputtknuspern werden, allen voran das Wort «Zynismus». Daß es meistens zu Gelegenheiten verwendet wird, bei denen es besser wäre, Sarkasmus zu sagen, ist ein altbekannter Hut. Anfängern in puncto Begriffstrennung könnte man zwar leichtverständlich sagen, Sarkasmus und Zynismus verhielten sich zueinander wie Boshaftigkeit und Bösartigkeit, da das erste ein mitunter unterhaltsames Attribut der Zunge, das andere eine widerliche Eigenschaft des Wesens sei. Leider aber kann man nicht davon ausgehen, daß heutige Sprachnutzer den Unterschied zwischen Boshaftigkeit und Bösartigkeit parat haben; dafür kennen sie sicherlich das elende Paradox «herrlich böse». Tatsache ist, daß man das Wort Zynismus heutzutage täglich in sämtlichen Medien findet, und dies keineswegs ständig als Verwechslungsobjekt von Sarkasmus, sondern auch von bloßem Spott, von kalter Sachlichkeit, von Defätismus und Nihilismus. Den meisten Anwendern bedeutet das Wort sogar noch viel weniger – sie gebrauchen es meist synonym für «menschlich irgendwie nicht nett» oder – «unkuschelig». Man hätte in den letzten zwanzig Jahren dicke Notizbücher mit kuriosen Anwendungen des Wortes Zynismus vollschreiben können. Ich habe das mangels Sammeltriebes unterlassen. Allerdings ist mir ein besonders grotesker Fall in Erinnerung geblieben, ohne daß ich ihn hätte notieren müssen: Als sich die italienische Regierung vor etwa drei Jahren weigerte, seit Tagen im Mittelmeer herumtreibenden afrikanischen Bootsflüchtlingen Exil zu gewähren, kommentierte das eine prominente deutsche Grünen-Politikerin mit den Worten: «Das ist eine zynische Odyssee der Unvernunft und der Unmoral.»

Ich belasse die Dame in schonender Anonymität, denn es wäre gleichfalls «menschlich irgendwie nicht nett», Politiker durch namentliche Nennung zu desavouieren, denen ständig Mikrophone unter die Nase gehalten werden und die daher «irgendwas» äußern, erstens, weil die Medien mit «irgendwas» meist zufrieden sind – es geht ja nur noch darum, Sendezeit billig mit gut schneidbarem O-Ton zu füllen –, und zweitens, weil die Politiker als medienkontrollierbare Gewählte glauben, nicht sagen zu dürfen: «Gehen Sie endlich da weg mit ihrem widerwärtigen und gesellschaftlich vollkommen nutzlosen Mikrophon!» Aber ein gewisser «Handlungsbedarf», das Wort Zynismus aus dem beständig Fäulnisblasen werfenden Sumpf der Bedeutungslosigkeit zu retten, besteht doch wohl. Auch im Volk scheint Erklärungsnot empfunden zu werden. Im Internet stößt man auf rege Diskussionen. Jemand mit dem Decknamen «Rigoletta» schrieb z. B. um 2 Uhr 09: «Harald Schmidt sagte mal, Zynismus sei die gesellschaftlich anerkannte Form von Depression.» Darauf «der Legomann» um 7 Uhr 21: «Irrtum. Zynismus ist, wenn man über den Eingang eines Konzentrationslagers schreibt: ‹Arbeit macht frei› oder ‹Jedem das Seine›.» Wenige Minuten später postete jemand unter dem Namen «Milchmädchen»: «Es gibt ein Drei-Stufen-Modell. Erst kommt die Ironie, dann der Sarkasmus, zuletzt der Zynismus.»

Uff! Herrje! Brabbelndes Land! Muß man nicht eigentlich helfen, wenn offensichtlich Hilflosigkeit herrscht? Bedeutung wäre so schön! Nur, wie sie erfahren? Nach der Glimpf-glampf-glumpf-Methode landet man im Falle des Zynismus bei Hunden. Hunde helfen hier aber wirklich nicht weiter. Ebensowenig wird es von Nutzen sein, aller Welt Peter Sloterdijks Standardwerk über den Zynismus auf die Bettdecke zu legen, denn das hat 950 Seiten, und so genau will es nun auch nicht jeder wissen. Auf 950 Seiten möchte man schon lieber eine bedingungslose Liebe zu Zeiten der Inquisition geschildert bekommen, und zwar durch die Augen eines weißen Pferdes namens Orlando Koriander Diamond. Eine kleine Definition jedoch, die über einen Wörterbucheintrag hinausgeht, wäre nicht übel, zumindest wenn sie außerhalb der jämmerlichen Tradition von Sprüchen steht wie «Liebe ist, wenn man schon vorm

Zubettgehen die Butter aus dem Kühlschrank nimmt». Oder: «Auto ist, wenn man keine Lust hat, zu Fuß zu gehen.» Bestünde nämlich Zynismus darin, Konzentrationslager-Zufahrten mit höhnischen Motti zu versehen, existierte hierzulande kein Zynismus, denn es gibt schließlich keine KZs mehr. Und weiter: Wenn Zynismus tatsächlich der Superlativ von etwas wäre, dann wohl weniger von Ironie als von – überleg, überleg –, wie wäre es mit Cleverness? Im deutschen Sprachzusammenhang hat sich die Cleverness den Inhalt angeeignet, eine weniger sympathische Form von Intelligenz zu sein, die in erster Linie den eigenen, zumeist wirtschaftlichen Vorteil im Auge hat. Und hier hätten wir den Zynismus am aktuellen definitorischen Wickel: Der Zyniker ist ein intelligenter Mensch, dem durchaus in die Wiege gelegt wurde, sich gewisse geistige und moralische Standards zu erwerben, und, ja, einst erwarb er sie sich auch. Aus mehrerlei denkbaren Gründen erlebte er jedoch einen Charakterknick, der es ihm erlaubt, insbesondere im Erwerbsleben dauerhaft unterhalb seiner ehemals eigenen Standards zu operieren. Er lebt nach dem Grundsatz «Wenn ich's nicht mache, macht's ein anderer». Dieses fatale, freilich niemals öffentlich geäußerte Lebensmotto ermöglicht es ihm zum Beispiel, als Testimonial für Fast-Food-Produkte aufzutreten, die er sich selbst und seiner Familie in der Regel nicht zumuten würde – warum sollte er auch, bei dem schönen Einkommen, das ihm sein Zynismus sichert? Aus der trivialen Welt der Redensarten ist uns der Brandstifter vertraut, von dem es heißt, er pflege als Biedermann in Erscheinung zu treten. Im Hier und Heute sind die Zyniker die Biedermänner. Sie tragen stets Schafspelz. Sie reden keinesfalls mit spitzer Zunge und sagen niemals etwas «Gemeines», viel lieber präsentieren sie sich als sanfte Kleineleuteversteher: «Die Leute schuften und rackern den ganzen Tag. Da haben sie sich doch ein paar Stunden Entspannung bei einer netten Försterserie redlich verdient!»

Klassische Zynikeraussage! Einen kleinen Teil ihres durch die Mär von den erschöpften Menschen, denen man nichts Gescheites zumuten könne, und durch sonstige Lügen erworbenen Vermögens spenden sie übrigens kranken Kindern. So sind sie stets aus dem Schneider. Daß jede noch so elende Fernseh-Celebrity ihr törichtes, eitles und gieriges Dasein mit Hilfe eines sogenannten sozialen Engagements für Kinder rosawäscht und man kaum etwas dagegen sagen kann, weil schließlich niemand den Beschenkten die Gabe mißgönnt – das ist wirklich zum Verzweifeln. «So funktioniert eben unsere Gesellschaft!» sagen diejenigen, die bereits begonnen haben, sich mit ihrem eigenen Zynismus abzufinden.

Die 22 Tasten

TEXTE schreibe ich und E-Mails, guck nach, wann Züge fahren und wie das Wetter sich entwickelt, vermindere den Farbsättigungsgrad digitaler Fotos, damit sie wie Erinnerungen aussehen und nicht wie stehengebliebene Gegenwart, brenne Musik-Zusammenstellungen für Freunde, die sich «nicht so auskennen», verschiebe «Dokumente» von einem Ordner in einen anderen und «verwalte» auch manches, zum Beispiel meine I-Tunes-Library sowie mein I-Photo-Archiv. Es ist schon bemerkenswert, daß man in seiner Abendfreizeit heutzutage, statt vor dem Fernseher zu verdämmern, Dokumente ordnet sowie Büchereien und Archive verwaltet – die Kulturkritik könnte ganz zufrieden sein mit unsereins. Reichlich wird gewikit und gegoogelt, wobei ich mich mit fast abergläubischer Strenge an die Hollywood-Devise halte «Never google yourself!». Gelegentlich wird ein Flug oder ein Zimmer gebucht – kurzum, ich mache absolut nichts Besonderes mit meinem Computer. Ich entwerfe keine sich geräuschvoll im Universum verwirbelnden dreidimensionalen Tortendiagramme, blogge nicht und chatte nicht, habe keineswegs 400 Freunde in aller Welt, denen ich per Videobotschaft neue Autos, Babys oder Schränke zu präsentieren hätte, und unterhalte auch keine eigene Homepage, die es ständig zu aktualisieren gälte. Alle halbe Jahre mal kommt mein persönlicher Technik-Coach vorbei und installiert mir irgendwas Neues. So habe ich jetzt auch «Google Earth», mit dessen Hilfe mir überhaupt erst bewußt wurde, daß auf dem Dach des Bankgebäudes gegenüber meines Wohnhauses Autos parken. Das wußte ich in der Tat noch nicht, und es mag auch fünf Minuten lang interessant gewesen sein, alle Wohnungen, die ich je unterhalten habe, mit einem Markierungsfähnchen zu versehen, aber ein Steckenpferd soll daraus bitte nicht werden. Zwar könnte ich nun sämtliche Restaurants, in denen ich schon einmal gegessen habe, mit Fähnchen bezeichnen und die Verbindungslinien zwischen den Markierungspunkten vermutlich auf irgendeine Weise ebenfalls «verwalten», doch was wäre das für ein Leben? Mein «Google Earth» soll ruhig unverwaltet untergehen und verstauben. Insgesamt bin ich recht zufrieden mit meinen Apparaturen und selten technisch überfordert. Ganz gewiß benötige ich keines dieser Seminare, die jetzt überall angeboten werden: «Wie werde ich der E-Mail-Flut Herr?» Ein ganzes Wochenende dauert so ein Kurs und kostet 650 Euro. Bei mir dauert der Kurs dreißig Sekunden und ist gratis: Zum einen ist wichtig, daß man nicht jedem Lolek und Bolek seine Adresse gibt, zum anderen wandern Mails, die mit «Guten Tag» oder «Hallo» beginnen, ungelesen in den Müll. In Amerika gibt es gar Botschaften, die mit «Hi» oder «Hey there» beginnen, um Gottes willen: niemals auch nur die zweite Zeile lesen. Auch Anfragen, in denen die Anfragenformulierung «wir bräuchten» vorkommt, und das sind für den Freund des Aussiebens wunderbar viele, werden keinesfalls beantwortet. «Wir bräuchten Ihre Antwort bis Dienstag» – «und wir schmeißten Ihre Anfrage bereits Montag in den Kübel», würd ich da mal sagen. Kurs schon vorbei, 650 «Öre» gespart. (Öre – so sagen manche Spaßvögel zum Euro.) Spams bekomme ich nach wie vor nicht; das seit Jahren gefürchtete Wort «Penisverlängerung», mit dem sich Millionen von Menschen bereits frühmorgens mit nassen Haaren und eingespeichelter Brötchenmasse im Mund auseinandersetzen müssen, erschien genau in dem Moment, in dem ich es soeben tippte, erstmals auf meinem Bildschirm. Alles funktioniert, kaum etwas «nervt», ja, ich hatte sogar erst zweimal in diesem Leben Anlaß, beim Call-Center der Telekom eine der dort eingesetzten Beschimpfungspersonen zu beschimpfen, habe mich aber trotzdem, um nicht gar zu sehr abseits zu stehen, der Auffassung angeschlossen, daß die Telekom «böse» ist und zerschlagen werden muß.

Ich benutze eine normale Apple-Tastatur, etwa fünf Jahre alt und trotzdem völlig unverkrümelt, denn ich entwerfe nicht nur keine Torten, sondern esse auch keine bei der Arbeit am Bildschirm.

Die Tastatur ist in drei Abschnitte geteilt, einen großen auf der linken Seite, den ich jeden Tag benutze, sowie ein kleineres Feld rechts davon, worin ich hin und wieder mal ein Knöpfchen niederpresse, aber das ist in meinen Augen schon eine gehobene technische Anwendung. Ganz rechts befindet sich ein drittes, wieder etwas größeres Feld, bestehend aus 22 Tasten – zwanzig normalen und zwei von doppelter Größe. Auf keine dieser 22 Tasten habe ich je gedrückt! Ich habe auch nie jemanden gefragt, wozu die 22 Tasten gut sind, denn einerseits habe ich nie etwas vermißt, und andererseits wollte ich mich nicht dem Spott der Cracks aussetzen. Kindliche Neugier kam auch nie zum Tragen, da mir immer jener Bildwitz aus den sechziger Jahren im Gedächtnis geblieben ist, in dem eine in den Räumen der NASA tätige Putzfrau beim Staubwischen versehentlich einen Knopf drückt, worauf man draußen die Mondrakete in dic Höhe steigen sieht. Etwas so Schlimmes würde bei mir wohl nicht passieren, aber wer weiß, vielleicht würden immerfort Pop-up-Fensterchen mit «Celebrity News» erscheinen, oder es würden gar plötzlich die parkenden Autos vom Dach des Bankgebäudes herabrutschen und auf diese Weise unwillkommenen Lärm vorm Arbeitszimmer erzeugen?

Da ich nunmehr unbeschadet im sechsten Winter meiner 22-Tasten-Ignoranz stehe, habe ich beschlossen, alles so zu lassen, wie es ist. Soll ruhig der berühmte Biogenetiker Craig Venter in den USA die Hände vor dem Gesicht zusammenschlagen und rufen: «Was für ein Narr! Ohne die Hilfe dieser grandiosen 22 Tasten hätte ich nie das menschliche Genom entschlüsselt!» Ich entgegne: Tut mir leid, mein Herr! Jeder Mensch braucht irgendwas *nicht*. Manch einer duscht ohne Dusch-Gel, ein anderer braucht keine Huren im Bett, einem Dritten reicht zum Glücklichsein sein eines altes Jackett, ein Vierter erklärt seine Küche zur Insel ohne Rosmarin, weil man in Restaurants ja kaum mehr versalzenes, sondern nur noch verrosmarintes Zeug vorgesetzt bekommt, und ich, ja ich, der Fünfte in dieser lausigen Aufzählung, ich benötige keinen Abend in Gesellschaft von Leuten, die «eigentlich ganz nett und okay» sind und mir Sachen vorsetzen, die «gar nicht mal so übel» schmecken – und schon gar nicht benötige ich die 22 Tasten.

Kleiner Diskurs über kleines Gepäck

In grundguten Jahreszeiten wie zum Beispiel dem Altweibersommer setzt sich der Stadtbewohner an unbeschwerten, arbeitsfreien Tagen gern mit familiärem oder befreundetem Anhang in ein Auto und begibt sich in die ländliche Umgebung, um etwa auf einem Naturlehrpfad einen See zu umrunden, in Schloßpantoffeln durch ein bei leisester Berührung knarrendes Schloß zu rutschen und irgendwo «nett Kaffee» zu trinken. Es handelt sich um eine, außer bei Pubertierenden in der Trotzphase sowie tageslichtscheuen Computernarren, gängige und beliebte Freizeitgestaltung von jung und alt. Als sich ein solcher Ausflug, der meinen Begleiter und mich ins Ostbrandenburgische geführt hatte, neulich seinem Ende zuneigte, der Kaffee also getrunken und die Schlösser besichtigt waren, kamen wir ungeplant in das Städtchen Seelow, welches uns vom Namen her bekannt war, weil sich in seiner Nähe im April 1945 die letzte gräßliche Schlacht zwischen Wehrmacht und Roter Armee vor dem Sturm auf Berlin zugetragen hatte. Es gibt dort eine während der DDR-Jahre errichtete Gedenkstätte. Obwohl wir eigentlich bereits genug von der schönen Gegend hatten, hätten wir es für einen Ausdruck mangelnder historischer Pietät gehalten, an der blutgetränkten Stätte einfach arrogant vorbeizubrettern, und so sagten wir uns: «Wenn wir schon mal hier sind, nehmen wir auch das noch mit.» Wir schlenderten also durch das im Abendlicht liegende Gelände. Das Wort «schlendern» mag angesichts einer Kriegsgedenkstätte auf den ersten Blick anstößig klingen, aber wenn ich die Art unseres Ganges rückblickend analysiere, ist sie mit Schlendern durchaus am passendsten beschrieben – und wie hätten wir das Areal auch sonst begehen sollen? Indem wir marschiert, gar stolziert, gewatschelt oder getorkelt wären? Oder hätte man schreiten müssen? Schreiten tun lediglich Staatsmänner unter Aufsicht der Geschichtsschreibung, Schreitvögel sowie Sargträger bei angemessener musikalischer Begleitung. Wir jedoch hielten es wie eine kleine Gruppe russischer Touristen und schlenderten, nur leise sprechend, über die Gedenkstätte, die von einer selbstverständlich monumentalen Bronzeplastik eines Rotarmisten gekrönt wird. Da sich ein jeder ungefähr vorstellen kann, wie solche von Diktaturen errichteten Ehrenmäler aussehen, scheint es mir nicht dringlich, die Figur hier zu beschreiben. Lediglich ein Einzelaspekt scheint mir erwähnenswert, nämlich die Tasche, die der bildhauerisch verewigte Soldat trägt: Er trägt eine jener heute irrtümlicherweise als generationsspezifisch geltenden, von Magazinjournalisten und Anhängern leicht gehobener Auffassungen anhaltend und beharrlich verspotteten Umhängetaschen.

Dadurch, daß wir eben von einer Bronzeplastik sprachen, sind wir zwar logisch nicht dazu gezwungen, einen Blick in die Bronzezeit zu werfen, aber verboten ist es auch nicht: Wir sehen Ackerland. Olles, tumbes Ackerland von breitester und braunster, kläglich frühhistorischer Märzenödheit. Trübe, trist und nochmals trübe, mehr muß gar nicht gesagt werden. Ein Sämann kommt aus seiner Hütte, seinem Häuschen, seiner museumsdorfartigen Wohnanlage oder worin ein Bronzezeitmensch auch immer gehaust haben mag. Da er nun einmal ein Sämann ist, möchte er säen und hat sich mit einem dicken Packen Saatgut ausgestattet, um es auf seinen Feldern auszubringen. Es ist anzunehmen, daß unser Sämann bereits einen Sinn fürs Praktische hatte; körperliche Verrenkungen wird er kaum weniger gemocht haben als unsereiner, somit wird er den zu verteilenden Samen wahrscheinlich nicht in einem – obschon wohl handwerklich bereits möglichen – Rucksack transportiert haben, sondern es zuliebe eines leichteren Zugriffs bevorzugt haben, sein Saatgut auf der Körpervorderseite oder an der Flanke zu tragen. Zu diesem Zweck wird er sich eine Tasche mit langem Henkel ausgedacht und angefertigt haben. Da Geschichte früher langsamer vorankam als heute, wird er sich einige hundert Jahre lang darüber geärgert haben, daß ihm die Tasche hin und wieder von der Schulter glitt. Eines Tages aber wird ein anonymer, mithin ungeehrter Pionier die schulemachende Idee gehabt haben, den Taschenhenkel quer über den Oberkörper zu legen. Diese Idee hielt sich: Wenn wir in ein Museum gehen, vielleicht ein Postmuseum, werden wir Abbildungen oder Wachsfiguren von Briefträgern vergangener Jahrhunderte sehen. Da Briefträger nicht durchweg dümmer sind als bronzezeitliche Agrarier, werden sich nicht wenige von ihnen einer Umhängetasche zum Austragen der Briefschaften bedient haben. Durch das Schlingen des Trageriemens diagonal über die Brust waren sie nämlich vor berittenen Räubern recht gut geschützt.

Nachdem wir nun die frühgeschichtliche sowie die postalische Abteilung unseres Schloßmuseums überstanden haben, sollten wir, bevor schon wieder «nett Kaffee» getrunken wird, vielleicht noch den Raum «Aufbruch und Revolte – Jugendkultur nach 1967» anschauen: Als nämlich der Verfasser dieses Beitrags sich zu Beginn der siebziger Jahre zu alt wähnte, um einen Ranzen zu tragen, begann er, seine Schulsachen in einer Umhängetasche aus graugrünem Militärstoff zu verstauen. Auf die Klappe der Tasche schrieb er mit Kugelschreiber Namen von Rockgruppen, deren Musik er überhaupt nicht kannte. Ebenfalls beliebt unter Schülern waren Umhängetaschen aus einem groben, kratzenden Wollstoff sowie solche aus einem teppichähnlichen Material, auf das man allerdings schwerlich Gruppennamen schreiben konnte. Da die Menschen damals noch keine Computer mit sich herumtrugen und vor allen Dingen selbst kilometerlange Fußmärsche ohne Wasserbevorratung überstanden, waren die Taschen etwas kleiner als die heutigen, doch das Prinzip war das gleiche.

In welche Ecke der Geschichte man auch schaut: Eigentlich gab es immer Umhängetaschen, und ich kann darüber nicht sehr staunen, denn sie sind der traditionsreichste, sinnvollste, ich möchte fast sagen: der normalste Taschentypus überhaupt. Zeitweilig allerdings gab es einige Aussetzer.

Nachdem nämlich die Umhängetasche in den siebziger Jahren in den Ruf geraten war, ein typisches Ausstattungselement in den Nachmittag hineinschlafender Langhaariger zu sein, galt sie während der New-Wave-Zeit als obsolet. Die jungen Leute in den Städten trugen ihre Siebensachen in Plastiktüten herum, insbesondere in solchen, dic crkennen ließen, daß man in gutbeleumundeten Plattenläden einkaufte. Ich kann mich noch gut daran erinnern, wie lästig es war, einen solchen Beutel zwischen die Oberschenkel zu klemmen, wenn man einmal ausgiebiger im Portemonnaie zu wühlen hatte. Eine andere Möglichkeit in dem Fall, daß man beide Hände benötigte, bestand darin, eine Hand durch das Griffloch zu zwängen und die Tüte am Handgelenk baumeln zu lassen. So ließ sich ein allgemeines Aufatmen vernehmen, als ab Mitte der achtziger Jahre kleine Kunststoffrucksäcke als Stadtgepäck aufkamen. Bald aber entwickelten sich diese Rucksäcke zum Lieblingsgepäckstück von sowohl Mittelstufenschülern als auch rüstigen Senioren, und deshalb nimmt es nicht wunder, daß es zumindest unter denjenigen, die sich weder den Schülern noch den Rentnern zurechneten, zu einem erneuten Aufatmen kam, als der westlichen Welt etwa

Mitte der neunziger Jahre die Umhängetasche zurückerstattet wurde. Schon wenig später setzte dann das bis heute immer wieder vernehmliche, im allgemeinen nicht oder sehr schlecht begründete Klagen über die Umhängetasche ein: Sie sei ein Requisit studentischer Langzeitloser, die dem Ernst des Lebens nicht ins Auge sehen können, heißt es. Ich fürchte allerdings, mit solchen Äußerungen begibt man sich in das geistige Jammertal von Leuten, die einander danach kategorisieren, welche Automarke sie fahren. Ich fürchte darüber hinaus, daß die beharrlichen Kritiker von quer über die Brust gehängten Taschen einen beschränkten Überblick und Rückblick haben. Sie würden auf diesen Einwand vermutlich erwidern: «Na, hören Sie mal: Bronzezeit, Hippiezeit, Schlacht auf den Seelower Höhen – das war alles vor meiner Zeit! Entschuldigen Sie bitte, daß ich noch nicht so alt bin wie Sie!» Dem auch aus Quizsendungen bekannten entschuldigenden Hinweis, daß sich manche Ereignisse vor jemandes eigener Lebenszeit abgespielt haben, haftet eine deutliche Ignoranz an. Wir leben in einer Zeit ständiger Rückblicke und Wiederveröffentlichungen. Wir können Spielfilme aus den siebziger Jahren anschauen, deren Handlung im 17. Jahrhundert liegt, wir können uns, fragend und erschauernd, von den rätselhaft eiernden Stimmen des Vorkriegstheaters anschreien lassen, durch Burgen, Grüfte und Klosterbüchereien schlurfen und, von Büchern angeleitet, Brot backen wie vor zehntausend Jahren. Nie zuvor war es so einfach, in mehreren Zeiten gleichzeitig zu leben. Man bekommt heute so viel Vergangenheit geboten, ja aufgebrummt, daß man wahrhaft große Taschen brauchte, um alles wahr- und mitzunehmen.

Was sind eigentlich die Alternativen zur Umhängetasche?

Im Zeitalter der plastischen Chirurgie gibt es vermutlich die Möglichkeit, sich Hamsterbacken annähen zu lassen. Wer solcherlei Torheit plant, sollte bedenken, daß sich die Menschheit für schlanke Gesichter wenigstens bei Erwachsenen eher begeistert als für pausbackige. Mir fällt da John Lennon ein, gegenüber dem sein gewiß nicht weniger begabter Kollege Paul McCartney immer ein Coolness-Handicap hatte – vor allen Dingen wohl wegen seiner rundlicheren Physiognomie. Man kann auch, um weitere Alternativen zu nennen, alle häufiger benötigten kleinen Dinge in seine Kleidungstaschen stopfen, was jedoch nur außerhalb des Sommers geht, oder sie in einem Tonkrug auf dem Kopf balancieren, womit freilich in der modernen Welt selbst die meisten Afrikanerinnen überfordert wären. Manche meinen sogar, man brauche überhaupt kein Behältnis – wozu müsse man denn immer soviel Zeugs umhertragen? Die so sprechen, sind im allgemeinen Autofahrer, also keine eigentlich urbanen Menschen. Sie verlagern das Problem des Transports der persönlichen Gegenstände in ihr Fahrzeug, wo es dann häufig aussieht wie in einer ganz schlimmen Handtasche. Der Mensch braucht immer irgendein Zeug. Selbst wer den Inbegriff seines persönlichen Freiheitsgefühls darin sieht, vollkommen nackt am Strand spazierenzugehen, wird binnen kurzem Sehnsucht nach irgendwelchen Gegenständen haben, nach einer Flasche Sonnenlotion, einem Ball, einer Schaufel oder wenigstens nach einem Stock, mit dem er, hoffend, daß ein aufmerksames Kleinflugzeug ihn bemerkt, in den Sand schreiben kann: «Ich habe Durst!»

Bliebe der Rucksack. Ihn pauschal zu verdammen scheint mir ebenso töricht wie die nicht selten verkrampfte Ablehnung der Umhängetasche. Zwar hat man mit einem Rucksack keinen zügigen Zugriff auf die darin verstaute Habe, und es gibt das altbekannte Problem, daß man jemanden mit seinem Gepäckbuckel anrempeln, schlimmstenfalls gar im Gesicht verletzen kann. Mit Umsicht lassen sich solche Zwischenfälle jedoch vermeiden. Auch ein kleineres ästhetisches Problem ist zu nennen: Bei der von den Mittelstufenschülern bevorzugten Rucksackform, der länglichen, stark nach unten drängenden, oft bis aufs Gesäß hängenden, zwingt sich mir mitunter die Vorstellung auf, es werde darin etwas Schweres, Feuchtes, Weiches, Warmes herumgetragen, ein gärender Sauerteig etwa. Was aber nur ein persönlicher und nebensächlicher Eindruck ist! Gewichtiger scheinen mir demgegenüber die Vorteile der Umhängetasche: schneller Zugriff auf den Inhalt und die Möglichkeit, sie im Falle einer Wegverengung mit einem Griff auf seine Vorderseite zu schieben. Darüber hinaus ziemliche Diebstahlsicherheit und, auch wichtig: Weil man sie im Gegensatz zu einem Rucksack während einer Taxifahrt nicht vom Körper löst, wird man sie auch nicht im Taxi liegenlassen.

Obwohl ich einen alles und jedes gutheißenden Liberalismus durchaus nicht zur Beantwortung sämtlicher gesellschaftlicher Fragen heranziehe, scheine ich, was Taschen angeht, eine offenherzige Einstellung zu haben, in der Tat: Soll doch jeder diejenige tragen, die ihm gefällt. Man sollte allerdings nicht von anderen nach dem Inhalt gefragt werden. Wenn den Machern billiger Vorabendmagazine wieder mal gar nichts einfällt, mit dem sie ihre stets überreichlich bemessene Sendezeit füllen können, laufen sie bekanntlich gern in die nächstbeste Fußgängerzone und fragen Frauen, was sie in ihrer Handtasche haben, und immer finden sie eine, die kichernd alles herzeigt. An sich geht es jedoch – ausgenommen Sicherheitspersonal in Ministerien oder Museen – absolut keinen Menschen etwas an, was einer durch die Gegend schleppen zu müssen meint. Man sollte auch nicht an jenem bronzenen Riesenrotarmisten in Seelow emporklettern, bloß um zu schauen, was er in seiner Umhängetasche hat. Man weiß es ja eh: Munition, Zigaretten, einen Kanten Brot, vielleicht Kartenmaterial und, ja – ein Foto der im ungewissen harrenden Eltern.

PS: Doch, doch, jeder soll tragen, was ihm gefällt. Allerdings ist mir aufgefallen, daß die Vorliebe vieler Gebildeter für alles Solide und Schlichte ähnlich lächerliche

Folgen haben kann wie die Vorliebe der weniger Gebildeten fürs albern Verzierte. Ich komme oft an einem Schaufenster der Ladenkette «Manufactum» vorbei, die alles verkauft, was aussieht, als sei es vor mindestens fünfzig Jahren hergestellt worden, vorausgesetzt, es ist schwer und unhandlich. In jenem Fenster stehen seit einiger Zeit Kleiderpuppen, angetan mit allem, was man bei «Manufactum» für zeitlos schön hält. Die Frau sieht aus wie eine Leipziger Universitätsangestellte Mitte der sechziger Jahre. Die männliche Puppe hingegen erinnert mich sehr stark an die Männer, die während der gleichen Zeit in Westdeutschland an Wohnungstüren klingelten, worauf wir Kinder, wenn wir die Tür geöffnet hatten, hinterrücks in die Wohnung riefen: «Mutti, da ist schon wieder so 'n Kriegsheimkehrer!» Nur daß der Mann im «Manufactum»-Schaufenster sich von echten Kriegsheimkehrern dadurch unterscheidet, daß seine Kleidung gänzlich unzerschlissen und sauber ist. Er scheint seine Gefangenschaft untätig auf seidenen Kissen verbracht zu haben! Die armen Gebildeten, die sich dazu hinreißen lassen, eine solche Garderobe zu tragen!

Rede des erbleichenden Dreisten

Theaterlicht. Ein Schauspieler höchstens mittlerer Jahre, stark geschminkt wie einst Marcel Marceau, betritt eine klischeehaft karge Bühne und ringt nicht gänzlich ungeschickt nach Worten:

LUCTOR et emergo – kennen Sie das Motto der niederländischen Provinz Zeeland? Luctor et emergo – ich ringe und gelange nach oben; und so, wie Holland dem Meer seine Fläche abtrotzt, so trotze ich dem Leben meine Kompetenzen ab, und nun stehe ich hier oben und schwitze wie eine französische Hure, wie sich frivole Amerikaner ausdrücken, wenn einer übel schwitzt. Doch wo stehe ich sonst noch? Oh, immer diese Fragen nach dem Standpunkt! Rechts oder links, wen wurmt's? Ob ich vielleicht ein Konservativer sei, werde ich schon seit längerem manchmal gefragt, früher geschah dies vorwurfsvoll, heute mehr mit einem leicht verschwörerischen Ausdruck in der Art von «Willkommen im Club!» Ich bin, sowenig wild es klingen mag, gemäßigt linksliberal mit grünem Schwerpunkt und einigen wenigen rechten Details, die naturgemäß kommen und gehen, denn wenn es dunkel ist und kalt und man allein auf krummen Wegen geht, dann ist ein jeder «rechter» als im warmen Licht bei angenehmer Gesellschaft. Fürs Konservative indes fehlt mir zweierlei: die grundsätzliche Bevorzugung der klassischen Familie gegenüber anderen Lebensformen sowie die Wurzel im christlichen oder sonstwie gearteten Glauben. Ich wurzele nicht. Man sagt, wer nicht wurzele, der flöge herum wie eine alberne Feder. Welch ein Blödsinn! Die meisten Federn fliegen nicht herum, sondern wurzeln fest im Körper eines Vogels, der nun wiederum durchaus herumfliegt, was ihn allerdings so sehr anstrengt, daß er bisweilen überhaupt nicht herumfliegt, sondern irgendwo sitzt und so griesgrämig vor sich hin starrt, daß ein Spaziergänger eine Gänsehaut bekäme vor Furcht, wenn er aufmerksam genug wäre, den grantigen Blick des Vogels zu bemerken, was natürlich normalerweise nicht der Fall ist. Soviel zur Heimatlosigkeit des Luftmenschen. Man fragt sich, was ihm Halt gibt.

Was mir Halt gibt? Fragen Sie mich allen Ernstes, was mir Halt gibt? Halt gibt mir nichts als meine gottbefohlene Dreistigkeit! Sie meinen, Dreistigkeit könne nicht gottbefohlen sein, jedenfalls nicht für einen Ungläubigen? Kann sie aber sehr wohl: Immer wenn ich mich dem Zaudern hingeben möchte, der Zimperlichkeit, der Bescheidenheit, der sentimentalen Solidarität, dann sehe ich aus einer Art Wolke, gezeichnet im Stil amerikanischer Werbegraphik von ca. 1910, eine Art Finger herauskommen, der auf mich herabdeutet und spricht: «Sei dreist!» Jawohl, es ist der Finger, der spricht. Ein Mund zeigt sich mir nicht. Und wenn ich nun erwidere, ach, das Dreistsein ist so anstrengend, ich möchte lieber ein Wurm sein, wunschloser Wurm unter vielen, ein Würmelein in einer schönen gemütlichen Leiche, dann kommt wieder der Finger und sagt: «Nichts da. Du hast dreist zu sein und die Welt zu verbessern mit deinen rotzfrechen Küssen, diffusen Talenten und anderen Impertinenzen!» Ich verstehe ja, was der Finger meint. Er meint, alles Gute sei nur deshalb in die Welt gekommen, weil sich jemand etwas angemaßt hat. Doch das Leben strengt den Menschen an wie den Vogel das Fliegen, weshalb er sich hin und wieder auf einem ruhigen, schattigen Zweig ausruhen muß. Das Leben ist nicht wie die Filme, die auf Langstreckenflügen gezeigt werden: Mann mit tollem Beruf trifft in einer kunterbunten, filmmusikverzierten Stadt Frau mit toller Frisur, und es entstehen fade Turbulenzen, die sowohl gemäßigt christlichen, gemäßigt muslimischen als auch überhaupt nur gemäßigten Passagieren zuzumuten sind. Das wahre Leben ist selbst Unmäßigen und Ungläubigen kaum zuzumuten, weswegen Kopfschmerzen sehr verbreitet sind. Einmal aß ich Dinkelfladen mit zwei «so Frauen». Die eine hatte böse Kopfweh und sagte: «Die Massage heute nachmittag lasse ich flötengehen. Ich bleibe schön in meinem Zimmer und gehe in den Schmerz hinein. Nur so kann man ihn besiegen: Man muß hineingehen in den Schmerz!» So die eine Olle. Daraufhin die andere Olle, zuckersüß und fies wie eine beste Freundin: «Ach ja, das habe ich auch schon mal irgendwo gelesen!»

Hm – ja, in den Schmerz hineingehen, das wäre schön, wenn das ginge. Man könnte sich im Schmerz verstecken. Eine schöne Form von Unsichtbarkeit wäre so erreicht, aber nicht die modernste, denn die heißt Ungooglebarkeit. Dies ist eine moderne Sehnsucht, in der man sich ebenfalls verstecken könnte. «Zeitlebens versteckte er sich in seiner Sehnsucht nach Ungooglebarkeit» wäre ein herrlicher, wirklich nur ganz leicht blöder erster Satz in der Biographie eines Eitlen. Doch man kann sich nicht verstecken in Schmerz und Sehnsucht. Man könnte allenfalls in ihnen schmoren. «Stets schmorte er in Schmerz und Sehnsucht» wäre eine gute Grabsteininschrift für einen Empfindlichen. Doch sagt man schmoren? Man sagt eigentlich schwelgen. Der Braten schwelgt in Lorbeersud. Nein, man sagt wohl doch schmoren. Genau genommen sagt man sowohl schmoren als auch schwelgen, aber zu unterschiedlichen Gelegenheiten. Ich schwelge gern in Schmerzen, aber natürlich nicht in eigenen und akuten, sondern in abstrakten künstlerischen Schmerzzusammenfassungen lyrischer oder musikalischer Art. Wie trostreich man verwildert bei trauriger Musik! Wie gut man durchwühlt wird durchs Überladene! Jetzt noch ein schwerer Glockenschlag, anschließend noch ein gar nicht erwarteter Kreisch-Chor, und dann drischt jemand so schlimm auf die Kesselpauke ein, daß man meint zu riechen, wie er unterm Arm schwitzt in seinem Smoking, den er ja bestimmt nicht nach jedem Konzert in die Reinigung bringen kann als schlechtbezahlter Orchesterknecht. Musik stinkt nicht selten ganz gehörig, wenn man sich ihr nähert, doch spreche ich jetzt nicht von irgendwelchen Allerweltsbubis, die ihre Musik als «deutschsprachige Gitarrenscheiße» zu vermarkten suchen. Kein Wort, andererseits, gegen eine sach- und fachgerechte Rummelplatzbedröhnung! Hin und wieder gibt es kaum Besseres, als in angenehmem Maße betrunken und mit zu Hause vergessener Brille zwischen zwei oder noch mehr Karussells zu stehen. Alles ist so schön undeutlich wie in dem Video der Pet Shop Boys «You only tell me you love me when you're drunk». Eine verschwommene Party-Erinnerung. Ist etwas vorgefallen, weswegen man sich schämen müßte? Das Vertrauen in die starken Arme der Wahrscheinlichkeit macht's einfach, diese Frage zu bejahen, aber wenn man nicht hingegangen wäre, müßte man sich ebenfalls schämen, nämlich dafür, daß man wieder nur ferngesehen hat, was ja bekanntlich auch nicht gern gesehen wird von den Mahnfingern der Zivilisationskritik. Statt fernzusehen hätte man freilich auch, um den Eindruck multipler Karussellmusik im eigenen Heim zu erzeugen, in drei verschiedenen Räumen oder Ecken Radios laufen lassen können, mit unterschiedlichen Sendern natürlich, und wäre sich vorgekommen wie in einem Fassbinder-Film von ca. 1971. Liefen in diesen Filmen nicht sehr gern mehrere Radios gleichzeitig, um die Verworrenheit des ganzen Lebens anzudeuten? Schön ordentlich und klassisch theaterhaft war immer das steinerne Rumstehen der Personen in der Dekoration. Kann schon sein, daß ich mich inkorrekt erinnere und ausdrücke.

Ein vielschichtiges Klangerleben hätte man vermutlich auch auf dem berühmten «Platz der Gaukler, Erzähler und Saftpresser» in Marrakesch.

Bryan Ferry soll ja in Marrakesch wohnen. Wo diese Leute heutzutage überall Wohnungen haben! Angeblich hat Gunter Sachs 27 Wohnsitze. Das stelle ich mir anstrengend vor. Immer in der Luft, der Wurzellose. Der gewaltige Schlüsselbund scheuert an den Oberschenkeln, und ständig muß der Mann zur Reparaturschneiderei: «Meine Hosentasche ist schon wieder durchgeschlissen von den vielen Schlüsseln.» «Platz der Gaukler, Erzähler und Saftpresser» ist jedenfalls ein sehr guter Name für einen Platz. Besser als «Platz der Gaukler, Erbsenzähler und Erpresser» allemal und eigentlich auch besser als Konrad-Adenauer-Platz. Und Franz-Josef-Strauß-Flughafen, wie ist der Name? Ein bißchen mehr Sicherheitsgefühl als «Flughafen der Gaukler, Erzähler und Saftpresser» vermittelt er durchaus. Da Strauß ein passionierter Flieger war, scheint der Name recht passend gewählt. Andererseits soll er sehr risikobereit gewesen sein. Man sagt, er sei oft extrem niedrig geflogen, um sich an ihm bekannten Kirchtürmen und Wirtshäusern zu orientieren. Parteifreunde und Wirtschaftsleute, die mit ihm geflogen sind, berichten dem Fernsehen noch heute übereinstimmend von der großen Erleichterung, die sie empfanden, als sie wieder auf der Erde waren. Trotzdem: ein plausibler Flughafenname. Befremdlich scheint mir der Name des Flughafens der albanischen Hauptstadt: Mutter-Teresa-Flughafen, weil sich mir, wenn ich ihn höre, die anhaltende Vorstellung aufzwingt, in jenen Cartier- und Gucci-Läden, die es auf internationalen Airports zu geben pflegt, würden in Tirana arme Leute aus Kalkutta hocken und in primitiven Öfen Fladenbrot backen zwischen all den teuren Taschen und Patek-Philippe-Uhren. Normal ist das nicht. Allerdings neige ich der Meinung zu – räume jedoch auch gleich ein, daß es sich um nicht mehr als eine Meinung handelt, also um nichts von allzu großem Wert –, daß Normalität nicht das ist, was ist, sondern das, was wäre, wenn es mit rechten Dingen zuginge. Und das wär's auch schon für heute. Ich gehe eine rauchen, Leute.

Schauspieler tritt ab und raucht in seiner Garderobe eine hausordnungswidrige Zigarette aus dem Fenster heraus. Er kann dabei sehen, wie die Zuschauer das Haus verlassen. Einige entdecken ihn und winken ihm freundlich zu. Da sich ihre Gesichtshaut durch den Blick nach oben strafft, sehen sie aus wie gelungen geliftet. Das amüsiert den Schauspieler, und er denkt:

In den Fahrstühlen von Hotels sind an der Decke oft Spiegel. Wenn man da hineinschaut, sieht man auch aus wie gelungen geliftet.

Ist Zsá Zsá Inci Bürkles Mutter etwa eine Milf?

1. Haupttext

An den Litfaßsäulen, die meine täglichen Wege säumen, hängen zur Zeit Werbeplakate für einen Film namens «Die wilden Hühner und das Leben». Es handelt sich um einen Film für junge Mädchen sowie für weibliche Personen, die noch jünger sind als junge Mädchen, also kleine Mädchen. Sonderbarerweise hat es die deutsche Sprache so eingerichtet, daß junge Mädchen älter sind als kleine Mädchen, während fast die gesamte übrige Biologie, wie man bei Seesternen, Bäumen und Kürbissen überprüfen kann, nach dem Prinzip «Je kleiner, desto jünger» funktioniert. Nur Mädchen entziehen sich dieser Gesetzmäßigkeit. An dem Film gibt es vermutlich nicht viel auszusetzen, dennoch bin ich froh, daß ich ihn mir nicht ansehen muß, noch mehr aber, daß ich nicht den leisesten Wunsch verspüre, ihn zu sehen. Gäbe es diskrete Sondervorführungen des Films für erwachsene Herren, wären die möglicherweise gut besucht. Das Schicksal oder der Genpool versorgen jeden Menschen mit der einen oder anderen sozial unverträglichen und somit zu verheimlichenden Neigung, doch wenn einem immerhin der Drang erspart geblieben ist, sich als Zielgruppenfremder in Wilde-Hühner-Filme einzuschleichen, hat man schon einmal einen triftigen Grund, mit seinem Geschick nicht permanent zu hadern.

Eine der auf dem Plakat abgebildeten jungen Darstellerinnen trägt den klangvollen Namen Zsá Zsá Inci Bürkle. Wenn in Deutschland Gespräche darüber geführt werden, wie man Kinder nennen sollte und wie nicht, kramen ältere Leute gern im Küchenschrank verwahrte Zeitungsausschnitte hervor, denen zufolge irgendein Gericht Eltern verboten haben soll, ihr Kind «Robespierre» oder «Kalinichta» zu nennen. Solche Meldungen erscheinen alljährlich während der Parlamentsferien im Vermischten. Tatsächlich ist der Glaube weit verbreitet, daß Eltern ihren Kindern lebenslangen Schaden zufügen, indem sie ihnen Namen geben, die nicht in der standesamtlichen Top Fifty stehen. Ob solchen Auffassungen jemals auch nur ein Körnchen Wahrheit anhaftete, kann man nur vermuten, heute aber, in einer Zeit, wo in fast jedem deutschen Klassenzimmer Kinder mit vorder-, mittel- und hinterasiatischen Namen sitzen, leidet bestimmt niemand mehr an der Namenphantasie seiner Eltern, vermutlich noch nicht einmal jene Mädchen, die Samantha heißen und wegen der Nichtintegrierbarkeit des englischen «th» in den deutschen Sprachfluß stets «Zementa» gerufen werden. Die unaparte, im täglichen Umgang natürlich rasch verfliegende Baustoffassoziation müssen sie eben durch liebliches Auftreten ausgleichen, und das wird einem wacker existierenden Mädchen doch wohl gelingen! Man hat den Eindruck, daß sich Eltern heute bezüglich der Namen ihrer Kinder an den Rand des Wahnsinns diskutieren – jeder Name ist phonetisch irgendwie unideal, jeder Name ähnelt in irgendeiner Sprache auf der Welt dem Wort für Schwein oder Misthaufen, jeder Name weckt bei irgend jemandem Erinnerungen an ein gleichnamiges billiges Speisefett, eine Waschmaschine, eine schreckliche «television personality» oder einen dicken afrikanischen Diktator, und die Vornamen, die zur Zeit als betont bildungsunfern gelten, werden in zwanzig Jahren eventuell einen ganz anderen sozialen Ausdruck haben, kurzum: Es grenzt ans Piepegale, wie einer sein Kind nennt. Man gewöhnt sich an alles, und gehänselt und gequält werden auch Kinder mit einem in Hunderten durchwachter Nächte zusammenoptimierten Namen, sobald sie von ihren Eltern in einer alten Klapperkiste in die Schule gefahren werden und mit einem kurz vorm Ausbruch stehenden Eitervulkan auf der Nasenspitze beim Sport erscheinen.

Daß mir beim Namen Zsá Zsá Inci Bürkle die Schauspielerin Zsá Zsá Gabor in den Sinn kommt, die nicht durch ihre Filme, sondern durch ihre mindestens sieben einträglichen Scheidungen bekannt wurde, ist allein mein Fehler, jedenfalls keiner der Eltern Frl. Bürkles. Nur durch meine mangelnde «Medienkompetenz» ist zu erklären, daß sich der Name Zsá Zsá Gabor in meinem übertreuen Gedächtnis einnisten konnte. Bin doch selber schuld daran, daß ich keinen Abstand halten konnte von Medien, in denen über die finanztüchtige Schabracke Bericht erstattet wurde. Der dreizehnjährige Hühner-Star jedenfalls scheint nicht darunter zu leiden, daß er mit seiner fragwürdigen, nunmehr im Television-und-Motion-Pictures-Pflegeheim residierenden Namensvetterin in Verbindung gebracht werden könnte – Zsá Zsá Inci Bürkle zeigt sich ausgesprochen fröhlich auf ihrer selbstgestalteten Homepage. Was ich auf deren Homepage zu suchen habe, könnte man da fragen. Eigentlich interessiere ich mich ja nicht für Dreizehnjährige. Außer vielleicht für die eine, die neulich, wie überall berichtet wurde, von einer Mitarbeiterin der Bahn wegen eines fehlenden Fahrausweises aus dem Zug geworfen wurde, worauf sie fünf Kilometer mit einem Cello durch die Dunkelheit laufen mußte. Die rausgeschmissene Cello-Dreizehnjährige hat allerdings keine mir bekannte Internet-Präsenz, also informierte ich mich ersatzweise über Zsá Zsá Inci Bürkle. Was diese nicht mag, sind Tierversuche, Lästern, Rosenkohl, Spinnen und wenn Leute im Kino telefonieren. Das ist doch alles gesund, normal und prima, möchte man da sagen, das sind nicht die Abneigungen einer unter ihrem Namen Leidenden, und hinzufügen: Am schlimmsten ist es, wenn Leute im Kino Rosenkohl essen und dabei anderen Leuten während des Films telefonisch mitteilen, wie «scheiße» sie Rosenkohl finden, denn Rosenkohl essen und gleichzeitig telefonisch über Rosenkohl ablästern, das ist doch abartig, besonders im Kino, oder?

Was Zsá Zsá Inci Bürkle dagegen schätzt, sind weiße Schokolade, «einfach nur Abhängen vor der Glotze ohne Limit», Quatschen, Mangas malen und die Musik ihrer Mutter. Eine Dreizehnjährige, die mit global zugänglichen Mitteln eine Vorliebe für die Musik ihrer Mutter preisgibt, erweckt natürlich Interesse an der musizierenden Mutter. Praktischerweise, dank der Verlinkungsfähigkeiten heutiger junger Mädchen, gibt es einen Link. Man landet bei You Tube und dem Video einer schönen Frau, die in gutverstandener und bestens beherzigter Kate-Bush- und Björk-Tradition Musik produziert. Ich schätze solche Frauen.

Die Lieder von Tovah, so heißt die Mutter Zsá Zsá Inci Bürkles, sind sehr gut. Als ich sie hörte, dachte ich zunächst, es sei durchaus schade, daß man solche Musik heute nicht mehr im Radio hören kann, wandte aber sogleich ein: Wann in den letzten zwanzig Jahren habe ich denn bitte schön Radio gehört außer unfreiwillig im Taxi? Lediglich im Bayerischen Rundfunk, so gegen Mitternacht, wispern mir Sachkundige zu, soll es durchaus noch eine Sendung geben, in der signifikante Popmusik gespielt wird. Und außerdem: Gegen eine Re-Undergroundisierung von Popmusik spricht doch gar nichts! Aber, stopp: Internet und Underground? Was rede ich denn da, bin ich etwa nicht mehr ganz neu? Ich müßte mir nur mal etwas bessere Boxen an den Computer klemmen, dann könnte ich Musik hören wie früher im Radio!

Insbesondere aus weniger bürgerlichen Informationsquellen, genauer, von seiten der Drecksäue unter meinen Bekannten, quillt mir seit einigen Jahren gelegentlich die nicht ganz unschrottige Information entgegen, daß attraktive Frauen im Mütteralter neuerdings «Milf» genannt würden. Die international am meisten phantasieanregende Milf ist sogar schon im Großmutteralter: Es soll Herren geben, die im wahrsten Sinne des Wortes «sonstwas» denken, wenn sie in den Nachrichten die ukrainische Ministerpräsidentin Julija Tymoschenko sehen. Ich werde das Wort «Milf», welches akronymischen Charakters ist, hier übrigens nicht genauer erläutern. Dazu bin ich mir zu fein. Es ist wirklich keine Schande, nicht zu wissen, was eine Milf ist, auch keine Bildungslücke, es sei denn, man sucht Bildung unter Gullydeckeln. Ja: Es lebt ein besseres Leben, wer den Begriff nicht herleiten kann, möglicherweise verfügt er über einen Garten voll prall blühender Pfingstrosen, eine cellospielende Tochter mit einer gut sichtbaren, um den Hals gehängten Monatskarte und kommt nicht allzu häufig in die Stadt mit ihren verschwitzten, klebrigen Zumutungen. Am besten, man hat das Wort noch nie gehört. Sagt man nämlich auf einer Party, jedenfalls auf einer soliden Party zu einer Dame: «Sie sind die tollste Milf des ganzen Viertels!», wird man mit einer klassischen Ohrfeige, in gehobenen Kreisen auch mit einer Entfernung durch den Sicherheitsdienst zu rechnen haben. Interessanterweise wird man sich gleichermaßen wenig Sympathien zuziehen, wenn man zu einer Frau sagt: «Also, Sie sind nun wirklich alles andere als eine Milf.» Übrigens könnte keine Frau, auch die mopsfidelste nicht, von sich selber behaupten, sie wäre eine Milf. Milf und Filf kann man nur in den Augen anderer sein, doch besser ist's, man meidet die Bekanntschaft solcher «Anderen». Sitzt eine angeglotzte Dame einsam im Café und denkt: «Der mich da so anglotzt, schaut aus wie einer, der die Bedeutung des Wortes ‹Milf› kennt», dann sollte sie nicht zurückglotzen, sondern sich abwenden und hoffen, daß in der anderen Ecke des Lokals jemand sitzt, der weniger anrüchige Ausdrücke kennt, etwa: «doppelt antiprismatisches Transmolekülobjekt». Mit dem könnte sie in der Kantine des Wissenschaftskollegs anschließend einen heben gehen, und das Einsamkeitsproblem wäre auf eine blitzblanke Weise gelöst.

Schlimm muß es auch sein, im Theater zu sitzen und von der Bühne her ständig das Wort «Milf» zu hören. Der Mann, der vor einem sitzt, der, welcher das Kolorationsmittel zu lange draufgelassen hat und aussieht, als ob er sich Schuhcreme ins Haar geschmiert hätte, der lacht jedesmal dreckig, wenn Milf gesagt wird, und die Frau neben einem, die mit dem geräuschvoll an die Zähne stoßenden Bonbon im Mund, die obendrein immerzu in ihrer Tüte wühlt, die ebenfalls! Hinter einem sitzt gar ein Stinkender! Jedenfalls scheint man der einzige in dem dunklen Saale zu sein, der das Wort nicht kennt, abgesehen von ein paar sich kopfschüttelnd und räuspernd nach der Pause sehnenden Senioren. Aber, oh weh, im Pausenfoyer werden sich alle über das Wort unterhalten und weiter dreckig lachen! Am besten, man versteckt sich, um dem nicht beiwohnen zu müssen, bis zum dritten Klingeln in der Toilette. Doch während man dort in der Kabine nicht sitzt, sondern steht, weil man ja nicht muß, hört man andere Toilettenbesucher, die sich beim Händewaschen unterhalten: «Am besten fand ich das mit der Milf!» Dann fühlt man sich bei allem Wissen um das richtige und saubere Leben doch ein wenig ausgeschlossen. Macht aber nichts!

2. Nebentext

Es war einmal ein König, der hatte Töchter, und zwar gleich zwei auf einmal.

Beide waren weder besonders schön noch häßlich, sondern robust, mit rustikalen, besonders für flaschengrüne Cordhosen geeigneten Beinen. Die eine allerdings war total links, die andere ultrarechts. Trotzdem bezankten sie sich nicht, sondern saßen oft friedlich beieinander. «Wir wollen doch eigentlich beide das gleiche, nur mit unterschiedlichen Mitteln», sprach die eine zur anderen, welche erwiderte: «Hab ich noch nie drüber nachgedacht, aber: wird schon stimmen.»

Dem König mißfielen solche Gespräche. Daher erschoß er seine beiden Töchter.

«Mädchen sind doch eigentlich nur Staubfänger», meinte er, was natürlich eine unzeitgemäße Auffassung ist, aber andererseits ist auch wieder niedlich und passend, wenn Adelige ein bißchen konservativ sind.

Den König schmerzte der Verlust seiner beiden Töchter kaum. Schließlich hatte er noch zwei gutgebaute Söhne. Die sagten eines Tages: «Wir gehen nach Israel. Dann haben wir wenigstens eine Biographie und sitzen nicht immer nur auf dem Sofa.»

Was sollte der König da schon groß machen? Er konnte seine Söhne doch nicht einsperren!

«Ach ja», meinten da die Hofschranzen, «Töchter erschießen kann er, aber Söhne einsperren nicht! Das ist vielleicht eine Doppelmoral!»

Lippen abwischen und lächeln

Im Tonfall leichter Klage berichtete neulich ein Freund von einer Frau, mit der er häufig zu tun habe und die er schätze. Sie würde durchaus auf ihr äußeres Erscheinungsbild achten und gleichsam auch auf ihre Sprache, aber eines würde ihn sehr stören, nämlich ihr regelmäßiger Gebrauch des Wortes «lecker». Er scheue sich allerdings, sein Mißfallen an dieser Gewohnheit zum Thema zu machen. Was man da tun könne, fragte er.

Ich erwiderte, das komme auf die Qualität der Beziehung an und auf die Mehrheitsverhältnisse. Wenn jemand in einem Büro tätig ist, umgeben von fünf Kolleginnen, die allesamt fünfzig- bis hundertmal am Tag das Wort «lecker» verwenden – und die Mengenangabe ist mit einem Auge fürs Realistische gewählt –, dann wird er, wenn er das nicht aushält, wohl kündigen müssen. Er kann nicht einfach in den Raum rufen: «Sagt mal, kennt ihr auch noch ein anderes Wort als lecker?», denn in einem solchen Falle wäre man in einer konformistischen Gesellschaft wie der unseren rasch der zu mobbende Außenseiter. In einer engen persönlichen Beziehung jedoch kann man den Wortgebrauch, zumindest unter vier Augen, durchaus zum Gesprächsgegenstand machen. Sprachkritik war noch nie ein Privileg des Feuilletons oder irgendwelcher sonderbaren Zirkel, sie war stets in erster Linie Familiensache. In allen Familien, außer vielleicht den ganz lieblosen, wird rege Sprachkritik geübt. Jeder wird sich an Ausdrücke erinnern, wegen deren er als Kind ermahnt wurde, und so war es auch in der keineswegs bildungsbürgerlich geprägten Umgebung meiner Jugend. Wenn die Geschwister zankten und ein Erziehungsberechtigter sich darüber beschwerte, kam es zum Beispiel vor, daß ich ausrief: «Die haut mir immer die Trinkenflasche in die Kniekehlen!» Gerügt wurde nun allerdings nicht der sonderbare Ausdruck «Trinkenflasche», denn das Wort «Trinken» in der Bedeutung von Getränk war im Milieu meiner Kindheit gang und gäbe. «Haben wir noch genug Trinken zu Hause?» wurde beim Einkaufen zum Beispiel gefragt, und wenn zu monieren war, daß jemand leere Getränkeflaschen auf dem Küchenbuffet deponiert hatte, wurde sogar festgestellt: «Da steht ja altes Trinken auf dem Schrank!» Was an dem von mir vorgetragenen Satz bezüglich des Verhaltens der Schwester nicht geduldet wurde, war vielmehr die Verwendung von «die» anstelle von «sie». Wenn damals einer beispielsweise sagte: «Die ist so gemein!», wurde ein sehr schöner Satz vorgebracht, den ich schon seit Jahrzehnten nicht gehört habe, nämlich «*Die* steht im Stall, und *der* faßt *der* an den Euter!»

Was wie Dünkel gegenüber bäuerlicher Lebensweise klingt, war familiäre Sprachkritik. Es gibt Variationen des Stall-und-Euter-Spruches. Jemand, in dessen Familie die Verwendung des Demonstrativ- anstelle des Personalpronomens ebenfalls nicht gern gehört wurde, teilte mir mit, seine Mutter habe ihn in solchen Fällen gerufen: «*Die* heißt mein Unterrock, und *der* hängt im Schrank.» Ich verstehe das nicht ganz, denn es heißt doch «der Unterrock». Wieso hieß der mütterliche Unterrock in der Familie meines Informanten «die»?

Das Wort «lecker» hingegen wurde in meiner Kindheit noch nicht angemahnt, denn es war zwar bekannt, aber nicht durchweg gebräuchlich. Manchmal wurden Süßigkeiten als lecker bezeichnet – es gab auch einen Süßwarenhersteller namens «Lekkerland» –, und vielleicht wurde das Wort auch in bezug auf Beerenobst verwendet. Etwas Kleines, was man sich nebenbei, zur Zerstreuung oder Stillung eines sogenannten Jiepers etwa, in den Rachen stopfte, mochte als lecker durchgehen, doch wäre niemand auf die Idee gekommen, eine warme Mittagsmahlzeit so zu bezeichnen. So blieb es viele Jahre. Das Wort «lecker» war etwas Niederländisches, das es an die Ufer des Rheins verschlagen hatte, in weiten Teilen des Landes jedoch als gelinde Albernheit betrachtet wurde und irgendwie mit schokoladenverschmierten Kindermäulchen oder mit Bonbons umherschmeißenden rheinischen Metropolen in Verbindung stand; im Februar, wenn die Rosenmontagsumzüge vom Fernsehen übertragen wurden, amüsierte sich das übrige Deutschland darüber, daß man dort sogar hübsche junge Mädchen als lecker bezeichnete. Kurzum, es gab keinerlei Probleme mit diesem Wort.

Nun geschah es allerdings in den achtziger Jahren, daß sich ausgerechnet am fidelen Rhein kommerzielle

Fernsehsender etablierten, die von den öffentlich-rechtlichen auch sprachlich unterscheidbar sein wollten. Um dem damals medial noch dominierenden offiziösen Verlautbarungssound von ARD und ZDF, der mancherorts als steif empfunden wurde, etwas entgegenzusetzen, wählte man Sprecher und Moderatoren aus, die keine Hemmungen hatten, vor der Kamera so zu sprechen, als kämen sie gerade von einer Betriebsfeier in einer Kölschkneipe, was einer großen Minderheit mißfiel, von der naturgemäß noch größeren Mehrheit aber als «herrlich entspannt» und «locker» begrüßt wurde. Hin und wieder aufblühende Kritik an der nachlassenden Qualität der Umgangssprache wurde, wie es in Deutschland immer geschieht, mit dem Hinweis darauf niedergebügelt, daß Sprache sich eben verändere! Sie sei ein lebendiger Organismus, den man nicht regulieren dürfe, außerdem solle man nicht soviel Angst vor allem Neuen haben. Seien sich die Leute Mitte des 19. Jahrhunderts nicht auch sicher gewesen, daß das Eisenbahnfahren letztlich mit Rückenmarkschwund und Gehirnerweichung bestraft würde? Na eben! Und man sollte nur mal an das Tamagotchi denken, dieses digitale Haustier von 1997! Jede Empathiefähigkeit werde Kindern mit so einem Ding abhanden kommen, habe es geheißen, und dann sei gar nichts geschehen, außer daß die piepsende Gerätschaft in völlige Vergessenheit geriet.

Wie hierzulande eben auf Kulturkritik so reagiert wird: Die Welt werde von alldem schon nicht untergehen, heißt es wie auf Knopfdruck, Alarmisten, Hysteriker oder – Lieblingsschimpfwort der Mittelprächtigen! – *Bedenkenträger* seien die Warnenden. Es gebe nun wirklich wichtigere Probleme. Tausende von Urlaubern würden, ohne Wäsche zum Wechseln dabeizuhaben, auf dem Flughafen von Bangkok festsitzen! Das seien die Probleme, die den Menschen wirklich unter den Nägeln brennen würden!

In der Tat: Von einer weiteren Verbreitung des Wortes «lecker» würde die Welt selbst dann nicht untergehen, wenn der und vor allem die Durchschnittsdeutsche es am Tag nicht nur fünfzig- bis hundertmal verwendete, sondern tausendmal. Das Wort «lecker» ist wirklich nichts als eine harmlose, dumme, lächerliche Mikrobe, aber zumindest unser Teil der nie und nimmer alsbald untergehenden Welt wäre etwas hübscher, wenn seine Bewohner dazu überredet werden könnten, es nur noch einmal in der Woche auszusprechen oder wenigstens nur noch in bezug auf Gegenstände, zu denen es paßt, also beispielsweise auf grell schmeckende Industriejoghurts oder erfolgreich erwärmte Tiefkühlgerichte.

Ich bin mir allerdings fast sicher, daß der Gebrauch des Wortes «lecker» seinen Zenit bereits überschritten hat. Einer gesunden und kräftigen Minderheit ist sein unbedarft-horizontloser Kleinbürgerklang mittlerweile genauso zuwider wie bestimmte Fäkal- und Pornovokabeln. Im Internet gibt es längst Diskussionsstränge darüber, was man anstelle von «lecker» sagen könne;

«wohlschmeckend» oder «schmackhaft» werden genannt, freilich mit der Einschränkung, daß diese Wörter ein wenig altmodisch seien. Das würde ich bestreiten. Diese Wörter sind althergebracht, aber da sie nie in Mode waren, sondern lediglich in Gebrauch, können sie nicht altmodisch sein. An aus der Mode geratenem Speiselob fielen mir «deliziös» oder «superb» ein, aber es ist so lange her, daß diese Adjektive in Mode waren, daß sie heute eher ironisch und gespreizt wirken als altmodisch. Ebenso wäre es, wenn jemand auf der Straße in der Kleidung des 19. Jahrhunderts herumliefe: Man würde das als affig, verschroben oder albern empfinden, aber nicht als altmodisch. Altmodisch ist nicht das Museale und Abgestorbene, sondern das, wofür sich die vorige Generation begeisterte, etwas, das vor überschaubarer Zeit Marotte war und noch präsent ist, aber schon angefangen hat, lächerlich zu wirken. Ein akut altmodisches Wort ist z. B. «aufmüpfig». Es war das erste Wort, das von der «Gesellschaft für deutsche Sprache» (oder von wem auch immer) zum «Wort des Jahres» gewählt wurde, und zwar 1971. Man braucht es nur zu hören und denkt sofort an Batikhemden, Mofas und eine Protesthaltung, die sich in erster Linie in unfrisierten Haaren äußerte. Altmodischer geht es kaum. Was das Speisen angeht, fallen mir zwar aus der Mode gekommene Gerichte wie Eierstichbrühe, Käsefondue oder Erdbeeren mit grünem Pfeffer ein, aber kein entsprechendes lobendes Wort. Aber man braucht ja auch gar keines. Bislang lief es nämlich zumindest in halbwegs angenehmer Gesellschaft immer folgendermaßen ab: Wenn der Kellner das Essen brachte, sagte man «Danke», dann wurde mit einer Konversation über jedes erdenkliche Thema begonnen, mit Ausnahme des Essens, das man gerade verzehrte, und am Ende sagte man: «Meins war gut. Deins auch?»

War man nicht gerade Gastronomiekritiker oder sonstwie aus der Branche, war das Essen eben nicht das Zentralereignis, sondern ein willkommener Anlaß, ein Gespräch zu führen.

Die beste Alternative zum leidigen «lecker» ist also weder «schmackhaft» noch «köstlich», sondern ein schlichtes, nicht weiter verziertes «gut»; oder aber: gar nichts. Lippen abwischen und lächeln.

Und dennoch ist «lecker» vielleicht das charakteristischste Adjektiv unseres Jahrzehnts. Es wird wieder verschwinden, vermutlich nicht ganz, aber völlig verschwinden muß es ja auch nicht. In zehn Jahren jedenfalls wird es von einer breiten Palette von Menschen als altmodisch empfunden werden, es sei denn, ich sollte mich irren, aber warum sollte ausgerechnet ich mich schon wieder irren? Es könnten sich ja zur Abwechslung mal andere Leute irren.

Weit schwieriger dürfte es werden, den anderen lästigen Ausdruck der Zeroes wieder loszuwerden, die Schwester von «lecker», nämlich «von daher». Von woher «von daher» kommt, weiß man nicht. Vor zehn Jahren sagte nahezu kein Mensch «von daher». Neulich meinte jemand, Kanzler Schröder habe gern «von daher würde ich sagen, daß ...» gesagt und auf diese Weise die von-daher-Epidemie ausgelöst; mag sein. Heute jedenfalls gibt es viele Menschen, die innerhalb von zwei Minuten fünfmal «von daher» sagen und kaum mehr in der Lage scheinen, Kausalzusammenhänge sprachlich anders als durch «von daher» zu gestalten, außer vielleicht noch durch «insofern».

Zivilisation beruht auf gegenseitiger sanfter Kontrolle und Korrektur. Man achtet aufeinander. Also sollte sich keiner scheuen, einen Menschen, den er schätzt und an dessen Fortkommen und kulturellem Wohlstand man interessiert ist, bei Gelegenheit darauf hinzuweisen, daß es nach wie vor auch «deshalb», «aus diesem Grunde» und zahlreiche andere Möglichkeiten gibt.

Kleine grammatische Notiz

Immer wieder wird von Sprachbetrachtern verwundert bis freundlich amüsiert auf die merkwürdige Vorliebe des Berliner Dialekts für das Plusquamperfekt hingewiesen. Ausgerechnet diese komplizierteste der Vergangenheitsformen ist bei vielen Mundartverwendern die beliebteste. Jeden Tag kann man Aussagen hören wie: «Eben hatte es doch noch so ausgesehen gehabt, als ob die Sonne rauskommen würde.» Ich störe mich an dieser Redeweise übrigens nicht im geringsten, empfinde sie, im Gegenteil, als heimatlich angenehm, ja gemütsbesänftigend und sage mir, wer sich solch umständlicher Konstruktionen bedient, muß ein sanfter Kerl sein, der nichts Böses im Schilde führt; er denkt wohl: «Wenn schon Vergangenheit, dann richtig dick und dolle! Warum sich zieren, warum geizen, wenn man auch mit überschwappenden Eimern auf der Zeitleiste balancieren kann?» Manche meinen, dieser «Berliner Plusquamperfekt» sei ein ziemlich neues Phänomen, das sich erst im Verlauf der neunziger Jahre durchgesetzt habe, andere sagen, es habe ihn schon immer gegeben, nur sei er einem früher nicht so aufgefallen, weil Dialekte vor dem Siegeszug des kommerziellen Fernsehens medial weit weniger präsent gewesen seien, abgesehen vielleicht von der Serie «Drei Damen vom Grill», deren sämtliche 140 Folgen man jetzt in Form eines 36-DVD-Sets kaufen kann, das ich bitte weder zu Weihnachten noch zum Geburtstag geschenkt bekommen möchte, obwohl es in der Plusquamperfektfrage vermutlich zur Wahrheitsfindung beitragen könnte. Ich saß neulich in einem recht feinen Restaurant, und da es kein asiatisches war, fragte der Kellner beim Abräumen des Tisches nicht: «Hat smek?», sondern stellte mir die großartige, rätselhafte, ja faszinierende Frage: «Waren Sie zufrieden gewesen?»

Was hätte man darauf erwidern sollen? Hätte ich eine mißratene Mahlzeit hinter mir gehabt, wäre es mit einigem Recht möglich gewesen zu antworten: «Bevor Sie mir Ihren widerwärtigen Fraß vorsetzten, war ich in der Tat zufrieden gewesen.» Doch ich hatte gut gespeist. Hätte ich also sagen sollen: «Ja, ich war zufrieden gewesen und bin es jetzt, nach dem Essen, noch immer.»? Mit einer solchen Antwort hätte ich den Kellner möglicherweise verwirrt, ihm das Gefühl gegeben, er hätte es mit einem Gast zu tun, der sich mit unverständlichen Espritleistungen ins Zeug legt. Also sagte ich einfach: «Ja.»

Gastronomisches 2*

Es ist erstaunlich, daß selbst in Milieus, in denen man sonst auf penetrant forcierte politische Inkorrektheit Wert legt, nur selten beklagt wird, was für sagenhaft schlechte kulinarische Botschafter ihrer Herkunftsländer nicht wenige unserer geschätzten Zugewanderten sind. Nehmen wir einmal irgendeinen halbwegs zentralen Stadtteil einer mitteltollen deutschen Stadt: Im Radius von etwa einem halben Kilometer befinden sich zehn italienische Restaurants, eines durchschnittlicher als das andere, entsprechend lala laufen die Geschäfte. Eines Tages macht das alteingesessene Pelzgeschäft dicht. Was zieht nun in den leerstehenden Laden? Ein wunderbares Vollwert-Salatbuffet etwa? Da, wo es solche gibt, erweisen sie sich ja als die reinsten Goldgruben – immer brummvoll. Doch keine Spur davon: In den ehemaligen Pelzladen zieht selbstverständlich ein elftes langweiliges, lala gehendes italienisches Restaurant ein. Oder, ganz großes Tennis, ein griechisches. Sonderbar, daß die starke Konkurrenz überhaupt keine Diversifizierung nach sich zu ziehen scheint.

In den Großstädten, wo man eigentlich mit einem etwas abwechslungsfreudigeren Publikum rechnen

* Man beachte auch den Aufsatz «Gastronomisches» in dem Buch «Vom Zauber des seitlich dran Vorbeigehens»

können müßte, lassen sich immerhin manche Asiaten etwas einfallen. Vor einiger Zeit stach mir zum Beispiel ein «Nordwestchinesisches Restaurant» ins Auge. Ich bestellte darin einen Quallensalat, welcher glücklicherweise überwiegend aus Gemüse und Nudeln bestand; die trotzdem identifizierbare Qualle war in Form feiner langer Streifen hinzugefügt worden und schmeckte in etwa wie knorpeliges Sauerkraut. Nun kam die Frage auf, warum Quallen als eine nordwestchinesische Spezialität angeboten werden. Nordwestchina, ist das nicht überwiegend Wüstenland, welches an all jene instabilen und dubiosen ehemaligen Sowjetrepubliken grenzt, deren Namen auf -stan enden? Leben dort nicht die feurig blickenden Uiguren mit ihren Kamelen, die zwar als Wüstenschiffe, nicht aber als Wüstenquallen bekannt sind? Ist die uigurische Metropole Ürümqi (Urumtschi) nicht sogar als jene Millionenstadt bekannt, die weiter als alle anderen vom Meer entfernt liegt? Nun, man hatte sich bei der Beschilderung des Lokals wahrscheinlich einfach verschrieben: Nordostchinesische Spezialitäten waren wohl gemeint.

Im allgemeinen bin ich recht zufrieden mit dem, was mir aufgetischt wird. Mich wundern allerdings regelmäßig Restaurant-Kritiken, in denen kaum jemals der Umstand berücksichtigt wird, daß ein hungriger Mensch nicht nur einen Mund hat, sondern auch zwei Beine. Ein guter Eßtisch hat meines Erachtens vier Beine, und zwar, ganz simpel, an jeder Ecke eines. Restauranttische haben jedoch oft nur einen Mittelsockel, welcher, indem er sich unten zu einem ausladenden Fuß weitet, den Gast die Füße nach außen zu biegen zwingt wie weiland Charlie Chaplins Tramp, wodurch es zu Durchblutungsstörungen kommen kann. Man will schon gehört haben, daß Menschen, die längere Zeit mit verdrehten, abgeknickten Füßen sitzen mußten, «obenrum» aber mit lebhafter Konversation befaßt waren – so daß das Einschlafen der Füße unbemerkt blieb –, sich beim Aufstehen einen Fuß gebrochen haben. In nostalgischen, mit Trödel ausstaffierten Lokalen wird dem Gast bisweilen sogar zugemutet, an alten Nähmaschinen-Tischen der Firma «Singer» Platz zu nehmen, in deren schnörkelreichem Untertischgekröse Frauen mit hohen Absätzen sich schon qualvoll verfangen haben wie ein erbeutetes Insekt im Spinnennetz. Ein anderes Extrem sind die inzwischen oft schon ziemlich angeranzten Designerlokale aus den späten neunziger Jahren, in denen man auf mit Kunstleder bezogenen Schaumstoffwürfeln sitzt, die so glatt sind, daß sie beständig nach hinten wegrutschen; immer wieder müssen vorbeieilende, tablettbeladene Kellner, die nicht über die Würfel stolpern wollen, mit einem routinierten Fußtritt die verrutschten Sitzelemente mitsamt dem Gast, der kurz aufschreckt, zurück zum Speisetisch stoßen. Immerhin scheinen allmählich wenigstens jene Gaststätten aus der Mode zu geraten, in denen große Aquarien die einzige Beleuchtung bilden, so daß man die Speisekarte nur mit Hilfe eines Feuerzeuges entziffern kann. Selbst Madonna, die vor einigen Jahren noch verlauten ließ, sie beherberge in ihrer Wohnung ein Quallenbecken, würde sich heute lieber mit einem Kaugummi im Schamhaar fotografieren lassen, als in einem Aquariumsrestaurant gesichtet zu werden.

Was bleibt, ist das Problem der viel zu eng beieinanderstehenden Tische in den klassischen Restaurants. Die enge Möblierung geht von großen Besucherscharen aus, doch selbst wenn sich diese gar nicht einstellen, wird nicht ausgedünnt. Der geringe Abstand zwischen den Tischen möchte vermutlich pariserische oder römische Reminiszenzen auslösen und die Kommunikation zwischen den Speiseparteien anregen. Ständig «neue Leute» kennenzulernen ist allerdings ein recht jugendliches und zweckgebundenes Bedürfnis; der junge Mensch möchte herausfinden, ob am Nebentisch einer sitzt, der nächste Woche vielleicht nach Köln fährt und ihm auf dem Rückweg drei Kisten, einen Vogelkäfig und eine Matratze aus dem Keller des Elternhauses mitzubringen bereit sein könnte – Gegenleistung: ein Spaghetti-Abend –, oder ob jemand ein Fahrrad zu verkaufen hat. Etwas reifere Menschen hingegen wollen von Speisenden am Nebentisch selten Matratzen transportiert bekommen, sie wollen nichts als in Ruhe gelassen werden, ihre Mahlzeit einnehmen und sich dabei weder zum Flüstern noch zum Weghören gezwungen sehen.

Seit zehn Jahren besuche ich einmal in der Woche ein geradezu japanisch schlicht möbliertes chinesisches Restaurant, dessen Angebot als besonders herkunftsgetreu gilt. In all den Jahren hat sich dort nie etwas geändert. Immer läuft das gleiche Musikstück, ein angenehm langweiliges, auf einem zither- oder hackbrettartigen Instrument erzeugtes Saitenspiel, und nicht ein einziges Mal ist die Speisekarte oder auch nur das Mittagsmenü modifiziert worden. Noch nie war ich an einem Ort gewesen, an dem das Klischee von der stehengebliebenen Zeit so gedankenlos beherzt ausgelebt wurde wie hier. Seit Jahren klebt an der Tür zur Herrentoilette ein Zettel mit dem Wort: «Defekt». Die Vorsuppe ist so scharf, daß sie manchen Leuten Schluckauf verursacht, und es war schon zu erleben, daß Stammgäste die Frage stellten, ob es nicht möglich wäre, alternativ zu der nicht jedermann bekömmlichen Suppe einen Salat anzubieten. Die Bedienung reagierte darauf, als ob jemand einen pikanten Witz gemacht habe; um zu sagen: «Na, Sie sind aber ein ganz schlimmer Schäkerer!», fehlte ihr zwar eine im Deutschen ausreichend versierte Zunge, aber Blick und Gestik sagten genau dies. «Nein, nein, nein!» erwiderte sie, «nicht möglich», und entfernte sich unter einem Gekicher von herrlich asiatischer Albernheit. Wenn ich Bekannte in das zwar seltsame, aber verläßlich exquisit bekochte Restaurant mitnehme, reden wir oft darüber, wie ein dermaßen unflexibles Volk wirtschaftlich so erfolgreich sein kann. Im allgemeinen begnügt man sich mit der gewiß allzu schlichten Antwort: Die schiere Menschenmenge macht's.

Auch ich habe in dem Lokal schon einmal chinesisches Gelächter erzeugt. Neben der Mittagskarte gibt es zwei weitere, auf einer Tafel angezeigte, in einem naturgemäß nie veränderten Wochentagsturnus wechselnde Speisen, nämlich ein «Tagesgericht» und ein «Tagesangebot». Montags handelt es sich dabei immer um «Ente kroß» und «Mapo-Tofu», und eines Montags sagte ich zu der Kellnerin:

«Ich nehme heute Tagesangebot, also Mapo-Tofu.» Die Frau schaute mich verdattert an und sprach: «Tagesangebot? Ich versteh nicht! Tagesangebot ist Ente. Tofu ist Tages*gericht*!»

Dann verstand sie doch: Da hatte sich doch glatt einer die in ihren Augen kaum faßbare Schludrigkeit erlaubt, «Tagesangebot» und «Tagesgericht» miteinander zu verwechseln! Ohne große Übertreibung: Sie hielt sich den Bauch vor Lachen. Nachdem sie mir einen Blick zugeworfen hatte, der meiner Deutung nach in etwa besagte, daß Europäer in ihrer Naivität manchmal schon «unheimlich süß» sein können, und meinen Essenswunsch durch die Küchendurchreiche gerufen hatte, konnte sie nicht anders, als ihren im Barbereich stehenden Kollegen mitzuteilen, daß ein alter Kunde, der es ja eigentlich wissen müßte, soeben «Tagesgericht» mit «Tagesangebot» verwechselt habe, was für reichlich kopfschüttelnd sympathisierende Blicke in meine Richtung sorgte. Ich kann nicht ausschließen, daß sie im Anschluß darüber diskutiert haben, wie ein dermaßen dummes Volk wie das, dem ich angehöre, wirtschaftlich so erfolgreich sein könne.

Montags Mapo-Tofu ist eine gute Sache. Tofu hat zwar in weiten europäischen Kreisen den Ruf einer völlig geschmacklosen veganen Ersatzspeise. In der chinesischen Küche jedoch wird Tofu gern mit Fleisch kombiniert; eine Portion Mapo-Tofu zum Beispiel enthält ungefähr zehn bis zwanzig Gramm gehacktes Schweinefleisch. Wäre ich nicht ein Gegner des heute so laschen Wortes «genial», würde ich die Idee, Fleisch als Gewürz für ein sonst fleischloses Gericht zu verwenden, gern als «genial ernährungsunideologisch» bezeichnen, war ich doch stets ein zwar prinzipieller Befürworter, nur phasenweise aber auch aktiver Kostgänger einer vegetarischen Lebensweise. Geschmacklos ist Mapo-Tofu ebenfalls nicht. In der Speisekarte meines Lieblingsrestaurants ist er eines der wenigen Gerichte, die mit vier Chili-Schoten gekennzeichnet sind, was im Glossar der Karte mit «erleuchtend scharf» erläutert wird. Leute, die zu einem Schärfeschluckauf neigen, brauchen für Mapo-Tofu Übung. Gut ist, daß man in meinem veränderungsunfrohen Restaurant gut üben kann: Das Gericht ist jeden Montag exakt gleich scharf.

Aber wie stabil und vertrauenswürdig die Montage in diesem Lokal auch sein mögen: Einmal gab es eine Zeit, in der sich eine häßliche Veränderung andeutete, die schließlich jedoch abgewendet werden konnte. Jahrelang hatten im Zugangsbereich der defekten Herrentoilette Handzettel ausgelegen, auf denen ein Foto einer etwa fünfzigjährigen Frau mit passendem Mann zu sehen war, welche sich selbst hinsichtlich gewisser Therapie- und Beratungszwecke als «ein ganz normales Ehepaar aus Peking ohne übersinnliche Fähigkeiten» anpriesen. Ich habe diese Zettel immer mit europäischer Ironie betrachtet und gedacht: «Jaja, wenn man hierzulande eine persönliche Krise hat, Krankheit, Scheidung, Arbeitslosigkeit, dann wünscht man sich ja nichts dringlicher, als mit einem ganz normalen Pekinger Ehepaar zu sprechen …» Eines Tages aber waren die Zettel weg. Neue Zettel lagen aus: mit dem gleichen Foto, aber verändertem Text: «Ein Großmeisterpaar ohne Nimbus».

An sich hätte mich dies nicht weiter beunruhigt, wäre das nimbus-, zu deutsch: heiligenscheinlose Großmeisterpaar nicht von jenem Tag an, da ich den Zetteltausch bemerkte, ständig in dem Lokal anwesend gewesen. Angesichts seiner Kleidung in den Tönen Staubrosa, Staubhellblau und Staubgrün sah es tatsächlich wie ein ganz normales Pekinger Ehepaar aus. Sympathisch waren mir die Leute nicht. Die Frau saß immer hinter jenem Wandschirm, in dem die Angestellten des Lokals in ruhigeren Stunden ihre Mahlzeiten einzunehmen pflegen, und krähte in ein Mobiltelefon. Der Mann stand an der Bar und blickte stumm, wie Zappel-Philipps Mutter, auf den ganzen Tischen herum. Hin und wieder packte ihn irgendwas, und er sprang wie der verrückte Frosch aus der Klingeltonreklame im Raum herum und stellte Blumenvasen auf die Tische. Es war etwas lästig.

Dann allerdings, nach etwa einem Monat, war das normale Ehepaar mitsamt seinen Handzetteln restlos verschwunden. Tolle Geschichte, durchaus geeignet, mit dem Gilgamesch-Epos zu konkurrieren, könnte einer sagen. Keineswegs tolle Geschichte, kann überhaupt nicht mit dem Gilgamesch-Epos konkurrieren, könnte einer genausogut sagen. Jeder, wie er halt mag.

Kürzlich rückte ich in dem vom normalen Ehepaar befreiten Restaurant der mondänen Welt auf die Pelle. Es speisten dort nämlich gerade zwei andere, ungemein kultivierte ältere Ehepaare. Obwohl viele Tische frei waren, setzte ich mich an den der Vierergemeinschaft direkt benachbarten Tisch, und zwar aus dem einleuchtenden Grunde, daß in diesem die Unflexibilität so hoch ehrenden Lokal die Kellnerin andernfalls vermutlich wild lachend herbeigeeilt wäre, um mich darauf hinzuweisen, daß ich mich, gewiß irrtümlicherweise, an einen anderen Tisch als sonst gesetzt hätte.

«Will er uns belauschen», mag man am Nebentisch gedacht haben, «oder uns gar bitten, ihm eine Matratze zu transportieren?»

Doch man zeigte sich nicht lange irritiert, war wohl auch daran gewöhnt, daß einem andere an den Lippen hängen. Zur weiteren Zerstreuung des Verdachts, ich könnte mithören, benutzte ich eine Zeitung und ein zum Draufherumdrücken geeignetes elektronisches Kleingerät.

Der Wortführer des Quartetts der Prächtigen vom

Nebentisch, ein eloquenter Herr mit bestens eingeölter Stimme im Glanze seiner Siebziger, sprach wohlgeformte Urteile über Frau Merkel, die gute Qualität des Rindfleisches und die Partei der «Linken», die man natürlich unaufgeregt hinnehmen müsse.

Der Mann kam mir bekannt vor, ich kannte ihn aus einer schwarzweißen oder frühfarbigen, jedenfalls noch deutlich sprechenden Zeit, als es nur ARD, ZDF und die Dritten gab. Ein TV-Journalist? Peter Merseburger vielleicht, den Loriot durch seine Parodie unsterblich gemacht hat? Nein, Merseburger hatte ich kürzlich erst im Zug gesehen und mich zwar edelmütigerweise nicht darüber gewundert, daß er noch lebt, wohl aber darüber, daß er genau wie ich in Duisburg ausstieg. Was wollte er dort denn bloß? In Duisburg aussteigen als berühmter Mann! Ist doch komisch!

Wer aber war nun der ältere Herr vom Nebentisch? Ein ehemaliger Korrespondent aus einer wichtigen Hauptstadt vielleicht? Immer schön mit Mikro vorm Weißen Haus gestanden und rundum informiert rhabarbert? Nein! Und ein Politiker konnte er auch nicht sein, denn an Leuten so großbürgerlichen Formats hat deutsche Politik längst keinen Bedarf mehr. Mit einer Ausnahme allerdings: Hamburger Bürgermeister! Hamburg hatte in der Vergangenheit regelmäßig solch äußerst feine Herren als Erste Bürgermeister. Der eine, Klaus von Dohnanyi, ist gar mit einer Lyrikerin verheiratet, ein anderer, Hans-Ulrich Klose, schreibt selber welche, also Lyrik. Aber ein Hamburger Bürgermeister war der Mann vom Nebentisch nicht. Die kennt man ja alle. Ratlos zahlte ich, nicht ohne zu versäumen, mir meine Stammgast-Bonuskarte mit hübschen chinesischen Krakeln versehen zu lassen. Dann endlich, auf dem Weg nach Hause, fiel es mir ein: Sapristi, das war doch Klaus Bölling, Regierungssprecher unter Bundeskanzler Schmidt!

Klaus Bölling! Toller Mann! Das genaue Gegenteil vom Klingelton-Frosch. Ein schöneres Kompliment kann man einem Mann eigentlich kaum machen. Schade nur, daß diese Sorte Mensch demnächst ausstirbt. Und daß er in dieses Lokal gefunden hat! Es befindet sich nämlich in einem der häßlichsten Gebäude der Stadt, wo nicht einmal der Trotzigste und Kühnste etwas Delikates vermuten würde. Um zum Eingang des Restaurants zu gelangen, muß man sich sogar durch einen finsteren, nach Urin riechenden und graffitiversauten Durchgang quälen. «Klaus Bölling quält sich zum Zwecke der Ernährung durch graffiti- und urinversaute Durchgänge»: Vor 25 Jahren hätte man einen solchen Satz für eine antisozialdemokratische Infamie gehalten, doch jetzt äußert man ihn mit größtem Respekt.

(Angela Merkel sagte, sie äße ganz gern mal einen Döner. Das ist überliefert. Nicht überliefert, sondern dreiste Erfindung ist, daß Angela Merkel während eines sich in ungebührliche Länge ziehenden Gedenkgottesdienstes für Edith Stein im Kölner Dom einen Meßdiener herangepfiffen hat, um von ihm die sofortige Herbeischaffung eines Döners zu verlangen.)

Warum wird die junge Frau geschont?

FRÜHER, präziser gesagt vor der Einführung der VHS-Kassette, waren Fernsehsendungen vergänglich wie Beerenobst. Die BBC zum Beispiel hat in den sechziger Jahren eine mehrteilige Verfilmung der «Buddenbrooks» produziert und ausgestrahlt. Thomas Mann mit britischen Schauspielern, manch einer würde sich das heute gern auf DVD anschauen, doch die Serie ist «verschollen», futsch, perdu, unavailable for good and all. Archivierungsspezialisten für TV-Erzeugnisse gab es damals offenbar noch nicht. Heute dagegen verschwindet auch das Nichtigste nicht mehr. Zu den zahlreichen neuen Hobbys, die sich Menschen im Verlauf der Digitalisierung unserer Welt angeeignet haben, gehört es, Talkshows aufzuzeichnen oder auch private Aufzeichnungen alter Talkshows irgendwo zu ergattern, um Passagen daraus ins Internet zu stellen. Warum Menschen das tun, weiß niemand. Kann man dadurch berühmt werden? Ist auch Bildschirmabfilmer inzwischen schon eine Celebrity-Kategorie?

Eine eigene Kategorie in den Videoportalen jedenfalls sind mittlerweile die sogenannten «Ausraster», also Szenen mit betrunkenen, überreizten, rücksichtslos geschwätzigen oder sonstwie übel extrovertierten Gesprächsgästen. Als die Schriftstellerin Karin Struck 1992 in einem ungesunden Gemütszustand der damaligen Ministerin Angela Merkel durch Hochziehen ihres Kleides den Unterleib präsentierte und anschließend, mit Gläsern um sich werfend, aus der Runde rauschte, wird sie nicht geahnt haben, daß sich mehr als fünfzehn Jahre später nach Gift und Galle gierende Menschen die kranke Szene bei You Tube als Kultquatsch anschauen und mit hingerotzten gehässigen Kommentaren versehen würden. Die Kinder der mittlerweile verstorbenen Autorin, die vermutlich auch schönere Erinnerungen an ihre Mutter haben, kann die Vorstellung kaum freuen, daß es allein dieser ihre Karriere beendende Auftritt sein wird, der «auf immer und ewig» bleibt. Andere Künstler sind nicht konsequent genug, solche Eklats zu einem Rückzug aus der Öffentlichkeit zu nutzen. Als Nina Hagen sich im Herbst 2007 in der Sendung «Maischberger» lange, allzu lange Minuten auf eine Weise inszenierte, die vermutlich selbst ihre Bewunderer nicht mehr als «niedlich verrückt» durchgehen lassen konnten, nämlich als ein egomanisches Wrack, als eine auf sämtlichen Bedeutungsebenen grundhäßliche Querulantin, hatte ich die freilich vergebliche Hoffnung, daß sie vielleicht, strengstens beraten von Mutter und Tochter, dazu überredet werden könnte, den Rest ihrer Tage in Abgeschiedenheit zu verbringen.

Man ist geneigt, solche Sendungen als leicht verderbliches Larifari abzutun, muß jedoch feststellen, daß einzelne von ihnen es zu einem erstaunlich hartnäkkigen Aufenthalt im Gedächtnis bringen. Noch heute empfinde ich, wenn ich Richard von Weizsäcker sehe, retrospektives Mitleid, weil ich mich noch genau daran erinnere, wie er zu Beginn der achtziger Jahre in einer Berliner Talkshow von dem durch langjährigen Cannabis-Gebrauch ausgezehrten Kabarettisten Wolfgang Neuss zuschwadroniert und beharrlich mit «Ritchie» angeredet wurde. Er vermochte sich gegen das überdreht auf ihn einteufelnde Drogenopfer überhaupt nicht zu wehren und war einfach nur schrecklich überfordert, baff und verlegen.

Selbst wer in Serie präsentierten Videoschnipseln mit entgleisenden Quälgeistern längst keinen Reiz mehr abtrotzen kann, ist mitunter dankbar für die Möglichkeit, im Fernsehen Gesehenes späterhin im Internet zu repetieren oder aber Nichtgesehenes, das heiß diskutiert wird, nachzuholen. Vor einiger Zeit sprach plötzlich alle Welt über die Nachrichtensprecherin Eva Herman, die derartig empörende sozialpolitische Thesen aufgestellt habe, daß sie deswegen sogar aus einer Talkshow geworfen worden sei. Ich hatte die Sendung verpaßt und freute mich daher an der Existenz von You Tube. Was ich dort sah, war eine Frau, die auf besonnene Weise reichlich unfrische, aber demokratisch zulässige Auffassungen über die gesellschaftliche Stellung von Müttern äußerte. Für mich hatte das keinerlei Wallungswert. Erstaunlich fand ich allenfalls die neben ihr sitzende Senta Berger, die eine sehr schlechte Rolle spielte, nämlich sich selbst als echauffiert schnaubende Hüterin des rhetorischen Anstands. Wirklich bedenklich schien mir lediglich der Katzentischgast. So möchte ich jene Talkshowteilnehmer nennen, die als sogenannte Betroffene oder Experten abseits der eigentlichen Runde in einer separaten Sitzgruppe oder in der ersten Publikumsreihe sitzen, um vorher vereinbarte Sätze aufzusagen. Sie sind oft sehr nervös und machen nicht immer den Eindruck selbstbestimmter Existenz. Für die Sendung mit Eva Herman hatte man sich einen Historiker bestellt, der sagen sollte, daß die plötzlich umstrittene Dame das von ihr in bezug auf die Medien verwendete Wort «Gleichschaltung» nicht hätte verwenden dürfen, weil es historisch belastet sei. Und was tat der Historiker, als man ihm das Mikro an die Lippen hielt? Er sagte, daß man das Wort «Gleichschaltung» nicht sagen dürfe, weil es historisch belastet sei, und schon war das Mikrophon wieder weg. Der Mann war in mittlerem Alter, und so ist zu hoffen, daß er noch einige Jahrzehnte Zeit hat, sich schamvoll daran zu erinnern, wie er sich als sätzchenaufsagender Baustein in einem läppischen TV-Skandal mißbrauchen ließ. Es ist schön, daß man sich solche Szenen im Internet ganz genau und notfalls mehrfach ansehen kann. Man kann bei Bedarf sogar mitschreiben.

Neulich sah ich eine Folge der Diskussionssendung mit dem pathetischen Titel «Hart, aber fair». Thema: «Die Top-Model-Gesellschaft». These: «Formate» wie «Germany's next top model» würden eine ganze Generation junger Frauen in Fremdbestimmung und Magersucht treiben. Typischer Fernsehunfug also. Fernsehmenschen, sofern sie nicht gerade andere «Formate» gucken, verbringen vermutlich den größten Teil ihrer Zeit im Auto und bekommen nicht viel mit von des Lebens blanken Tatsachen. Man sollte zwei von ihnen – vorausgesetzt, daß ihre Autos mal kaputt sind – für zwei Stunden mit Zählgeräten in eine gutgefüllte Fußgängerzone schicken. Einer zählt die anorektischen jungen Frauen, der andere die adipösen. Spätestens nach einer Viertelstunde wird der Adipösenzähler zum anderen sagen: «Du, mein Daumen ist wund, können wir vielleicht mal tauschen?» «Aber gern», wird die Antwort lauten, «mein Daumen ist nämlich vor lauter Untätigkeit schon von Muskelschwund bedroht.»

Ja doch, hin und wieder einmal, alle paar Wochen erschrickt man auf der Straße angesichts eines Memento-mori-Mädchens und fragt sich: «Die Arme sieht ja aus wie der Tod von Basel! Was hat die Fehlgeleitete und Spiegelblinde hier auf der Straße herumzustorchen? Warum ist da keine Klinik, die sie aufpäppelt?» Nur hat man solcherlei Augenschein so selten, daß man noch vorm Einschlafen, den Tag rekapitulierend, daran zurückdenkt. An die vielen korpulenten Menschen, die man im Laufe desselben Tages gesehen hat, denkt beim Zubettgehen niemand mehr.

Die Talkrunde bestand aus zwei Herren, die beruflich damit befaßt sind, die Schönheit von Frauen zu beurteilen bzw. chirurgisch zu normieren, darüber hinaus aus einer Teilnehmerin von «GNTM» sowie der sehr netten Schauspielerin Michaela May und der neuerdings wieder recht präsenten Ex-Grünen Jutta Ditfurth, die hier anscheinend als Anklägerin zum Einsatz kam, weil Alice Schwarzer, die normalerweise dazu ausersehen ist, solche Themen mit ihren starren, wie Gesetzestext klingenden Privatmeinungen einzuzementieren, ausnahmsweise nicht konnte. Und da Frau Ditfurth nicht ganz so brutal desinteressiert an der Komplexität des Lebens zu sein scheint, wie es Frau Schwarzer ist, machte sie ihre Sache nicht schlecht und hinterließ den Eindruck einer abgeklärten, gleichwohl noch sinnesfrohen linken Kneipenwirtin, die ihren Stammgästen am Tresen mit Verve und Sarkasmus erzählt, was sie neulich wieder einmal für einen «unfaßbaren Mist» im TV gesehen hat. «Expertin» wurde allerdings nicht eingeblendet, während sie sprach, denn das wäre wirklich nicht richtig gewesen. Für was hätte man in dieser Sendung auch Experte sein sollen, Experte für läppische Unterhaltungssendungen etwa?

Die kommentierenswerteste Teilnehmerin der Sendung war die ehemalige Heidi-Klum-Elevin. Weil ihr offenbar gesagt worden war, daß man in einer Gesprächssendung seriös gewandet zu erscheinen habe, hatte sie sich in einen sonderbaren Matronen-Look geworfen und sah aus, als sei eine blutjunge Variante unserer düsteren alten Sarah Wagenknecht aus ihrer Schwefelgruft geklettert gekommen. Vielleicht trug sie seit Jahren das erste Mal etwas, das nicht «sexy» war, was sie jedoch augenscheinlich wieder vergessen hatte, denn sie saß hinter ihrem Tisch genauso verkrampft und verdreht, wie es Frauen in zu kurzen Röcken zu tun pflegen, die darauf achtgeben müssen, daß nichts noch höher rutscht. Ihr zuzuhören war anstrengend und geeignet, Kulturpessimismus zu säen, da sie zum einen mit einer dermaßen grellen Stimme sprach, daß der an sich korrekte Einwurf Frau Ditfurths, man solle die Models nicht immer Mädchen, sondern Frauen nennen, sofort ad absurdum geführt wurde: Eine Frauenstimme war das nicht, was da an rausgepreßtem Quäken zu vernehmen war. Zum anderen war zu beanstanden, was sie sagte. Einen für ihre Ausdrucksweise exemplarischen Redebeitrag habe ich wortwörtlich aus dem ARD-Video-Stream transkribiert. Nur «Ähs» und ähnliches habe ich beim Transkribieren weggelassen, denn «Äh» sagt ja jeder. Also:

«… Ich bin ein denkender Mensch, und ein denkender Mensch ändert seine Meinung, aber ich glaube, ich bin so ’n Mensch, ich glaub, ich würde das, so viele Leute haben mich mal gefragt, also was würdest du machen, wenn ja, so, und ich habe schon immer etwas weniger Brust gehabt, hab aber da einfach tierisch wahnsinnig doll Angst, daß, wenn ich da was machen würde, daß ich Angst hätte, daß ich das spüren könnte …»

In dieser Rede offenbarte sich, daß es hierzulande ein immens viel wichtigeres Problem gibt als den «Schönheitswahn», nämlich das Zugrundegehen der letzten Reste von Satzbau und Sprachlogik in der mündlichen Umgangssprache. Die beiden reifen Damen neben der konfus Plappernden schauten zwar betreten und mitleidig, aber dabei blieb es. Wenigstens die mütterliche Frau May hätte doch sagen können: «Liebes Kind, was Sie brauchen, ist sowieso keine Brustoperation, sondern zunächst einmal Sprach- und Sprecherziehung!» Das allgemeine Einwenden kann ich mir vorstellen: «Eine Neunzehnjährige kann man unmöglich vor aller Welt so hart kritisieren!» Da wäre zu erwidern: Kann man doch, sollte man sogar, zumindest in einer Sendung, deren Titel vorgibt, daß es «hart» zugehen soll. Und ein Hinweis darauf, daß eine gute Logopädin aus einer unerträglichen Stimme eine zumindest brauchbare machen kann, wäre zudem durchaus «fair». Außerdem: Wenn neunzehnjährige Fußballspieler so sprächen – so kraß tun sie's allerdings selten –, würde man sie durchaus milde bespötteln. Zuletzt: Die Sorte von Frauen, die sich bei «GNTM» bewerben, ist daran gewöhnt, sich die herbesten Äußerungen über Busen, Bauch und ihre sogenannte «Ausstrahlung» anzuhören. Sie würden auch Kritik an ihrer Sprache überstehen. Sie wollen doch, sagen sie zumindest alle naslang, «unheimlich viel lernen»! Warum schont man sie? Bestehen diese Frauen nur aus Körpern? Meint man, Sprache und Stimme seien bei ihren Berufsperspektiven sowieso unwichtig? Das wäre nun wirklich mal frauenfeindlich. Von Heidi Klum werden sie darüber natürlich nichts hören, denn dieser eisige Beauty-Apparatschik spricht selbst wie eine Säge. Doch nicht jede kalte Säge schafft es nach New York!

Die SPD hat sich vor einiger Zeit ein ähnliches Problem angelacht, und zwar in Form der Juso-Vorsitzenden Franziska Drohsel. Sie spricht nicht über ihre Brust, dafür aber ähnlich gehaltvoll über Sozialpolitik: «Ich finde einfach, man muß sich überlegen, wie man eben damit umgeht, daß Leute unterschiedlich viel verdienen, und was man dann eben sagt.» Stimme ähnlich wie bei der Modelkandidatin, die Redeweise aber noch sprudelnder und die Beiträge länger, somit auch quälender. Einmal war zu sehen, wie Hans-Jochen Vogel, ein klar denkender Mann, Franziska Drohsel zuhören mußte und dabei den Eindruck zu erwecken begann, er mache sich berechtigte Sorgen über die Zukunft seiner Partei. Doch er schonte die Frau, ebenso wie sie in anderen Videoschnipseln, die man im Internet finden kann, geschont wird. Alle scheinen zu meinen: «Ach, die niedliche junge Frau, die ist halt noch ein bißchen aufgeregt und unbeholfen! Und unsere beschränkten Jungwähler finden das Geplapper vielleicht auch unverbogen und authentisch.» Wenn aber die Niedlichkeit in einigen Jahren aus ihrem Gesicht entwichen ist, wird es auch mit der Schonung vorbei sein, und die Kabarettisten werden über die Frau herfallen wie einst über Edmund Stoiber. Mit Sprech- und Sprachunterricht könnte sie dem vorbeugen. Und: Man würde vielleicht verstehen, was sie meint. Überdies könnte man erfahren, ob sie überhaupt etwas zu meinen in ihrer bislang sehr simpel erscheinenden Lage ist.

Das Loch

ZUMINDEST in der Hauptstadt scheint das Busfahren gefährlich geworden zu sein. Immer häufiger ist von tätlichen Übergriffen auf Busfahrer die Rede. Zu Beginn der Anschlagsserie hieß es in den Medien noch, bei den Tätern würde es sich um «junge Männer mit Migrationshintergrund» handeln, doch schon bald meldeten sich Sittenwächter zu Wort, welche im gewohnten sozialharmonischen Eifer meinten, eine solche Auskunft würde eine ganze Bevölkerungsgruppe «denunzieren», und obendrein sei eine Nennung des ethnischen Hintergrundes ohnehin zu nichts gut außer zum Aufkochen von Ressentiments. Die Medien waren folgsam. Nun wird nur noch gemeldet, die Busfahrer würden von «Jugendlichen» attackiert. Von Jugendlichen? Von jenen lieben kleinen Leuten also, die zur Mittagszeit mit der gleichen selbstvergessenen Gruppenvertrotteltheit aus den Schultoren strömen, mit der man selbst in grauer Vorzeit aus dem Schultor geströmt ist? Die wollen doch bloß ein bißchen Spaß haben, Blubberlutsch trinken und in ihre Telefone schnattern – nach dem Schikanieren von Busfahrern steht denen gewiß nicht der Sinn! Und ist die Nennung der Altersstufe, streng betrachtet, nicht letztlich ebenso überflüssig und sozial töricht wie die der Ethnie? Will man etwa eine ganze Generation pauschal der Gewaltbereitschaft gegen ÖPNV-Mitarbeiter bezichtigen? Und soll man eigentlich das Geschlecht der Täter nennen dürfen? Junge Männer werden doch ohnehin stark benachteiligt, wenngleich auch nicht von der Gesellschaft, sondern durch ihr eigenes Gehabe. Solcherlei Logik weiterspinnend, dürfte man die Täter eigentlich nur noch als «Personen» oder «Mitmenschen» bezeichnen. Am besten dürften den Wächtern der Rhetorik wohl Meldungen wie die folgende gefallen: «Schon wieder haben menschliche Wesen einen Berliner Busfahrer mit Messerstichen verletzt.» Oder wie wäre es mit: «Geschöpfe töteten Chauffeur»?

Etwas sicherer scheint es sich zur Zeit mit der U-Bahn zu reisen, zumindest wenn man weiß, welche Streckenabschnitte wann zu meiden sind. Ungefährlich, wenngleich verläßlich quälend sind die Bettler mit den Obdachlosenzeitungen, die von den Einheimischen fast ausnahmslos keines Blickes gewürdigt werden. Wenn nun gesagt wird, diese Form von Bettelei gebe es doch überall und sei aus diesem oder gar jenem Grunde hinzunehmen, dann möchte dringend erwidert sein: «In dieser Wucht und Menge gibt es das nirgendwo sonst, und schon gar nicht Tag für Tag seit 15 Jahren!» Wer wissen will, was Apathie und Teilnahmslosigkeit sind, sollte sich Berliner anschauen, die mit einem dieser oft wortreich und durchdringend auftretenden Zeitungsverkäufer konfrontiert sind. Nicht mal ein Aufblicken läßt sich registrieren, kaum je ein verschämtes Augenrollen, und obwohl Berliner dafür bekannt sind, daß sie sich gern mit unsacht gewählten Worten über alles mögliche beschweren, habe ich noch nie erlebt, daß irgend jemand je seine Stimme gegen die zu Verkäufern umdeklarierten Bettler erhoben hätte. Ein einziges Mal habe ich gehört, daß jemand zu einem eintretenden Zeitungsverkäufer sagte: «Es waren in den letzten fünf Minuten schon zweie dagewesen.» Ansonsten zeigt sich nichts als virtuose urbane Ignorierungskunst. Das Mitleid hat einen sonderbaren Status: Einerseits hört man von sämtlichen irgendwie Benachteiligten, Mitleid sei so ziemlich das Überflüssigste, was man ihnen antun könne, andererseits gilt Mitleidslosigkeit als schwerer charakterlicher Mangel. Das scheint nicht immer und überall so gewesen zu sein. Philosophische Enzyklopädien vermelden folgende Kamelle: «Als Anaxarch einmal in einen Sumpf gefallen war, ging sein Schüler Pyrrhon weiter, ohne sich um ihn zu kümmern. Das brachte Pyrrhon Tadel ein, Anaxarch selber aber lobte sein gleichgültiges und teilnahmsloses Verhalten.» Egal: Neubürger und Touristen empfinden die Nichtbeachtung der S- und U-Bahn-Bettler allemal als hartherzig und das geballte Auftreten der sogenannten «ungeschminkten Wirklichkeit» als Bestandteil ihres Großstadtabenteuers, und würden sie nicht immer wieder ihre Börsen zücken, wäre das Problem der U- und S-Bahn-Bettelei wegen schierer Nichteffektivität schon längst im Sande verlaufen. Zur Strafe sollten die Touristen wenigstens vergattert werden, die von ihnen mildtätigerweise gekauften Zeitschriften von vorn bis hinten durchzulesen.

Manchmal allerdings, in späten Vormittagsstunden, ist es in der U-Bahn ganz still, und man kann entspannt und milde dösend durch die alten Röhren sausen. In einem solchen ruhigen Moment saß ich unlängst einem wunderschönen kommunistischen Ehepaar gegenüber. Beide waren sehr alt, Anfang, Mitte 80 etwa, und von einer Schlankheit, um die sie augenscheinlich nie haben kämpfen müssen, obendrein offensichtlich kerngesund. Die Frau trug ihr langes Haar offen, es war von einem idealen Grau, wie man es sonst nur bei Models auf den Packungen von Seniorenhaarpflegemitteln sieht. Das Haar des Mannes war gleichfalls voll und von edlem Weiß. Dezent saßen sie aneinandergelehnt, ihre schön geschwungenen Münder schwiegen und drückten trotzdem manches aus, gegenseitige Dankbarkeit, Freude über ein reiches und stimmiges Leben und auch darüber, daß das Leben und die Liebe anhalten. Seit 60 Jahren waren sie einander in Treue verbunden oder, wie es Kommunisten wohl ausdrücken würden, in «unverbrüchlicher Treue». Woher ich weiß, daß ich Kommunisten ins Auge sah? Na, ich erkenn doch Kommunisten! Nein, das stimmt nicht generell, aber diesen beiden sah ich's ohne weiteres an: Der Mann trug nämlich einen etwas altmodischen grauen Sommeranzug, und im Revers des Jacketts bleckte ein winziges, aber leicht interpretierbares Loch. Es war das Einstichloch des Parteiabzeichens. Ich glaube, alte Kommunisten, diejenigen von der theoretisch-intellektuellen Seite zumindest, tragen absichtlich ihre alten Anzüge, um einander daran zu erkennen. Dann denken sie: «Der hat da ooch so 'n Loch!», während sie sich zuzwinkern, beim Tanztee in Berchtesgaden oder wo auch immer sie jetzt netterweise hindürfen. Ich habe diese Löcher jedenfalls schon öfter gesehen. Wenn man ein Bewohner der östlichen Bundesländer ist, läßt es sich ja kaum vermeiden, daß man hin und wieder unversehens auf einem PDS-Straßenfest, auf einem Straßenfest der «Linken» also, landet und ein Stück liebevoll gebackenen Oststreuselkuchens verzehrt – früher waren Großmütter fürs Backen bekannt, heute sind die Kommunisten die agilsten Kuchenbäcker des Landes. Obwohl politische Ansichten das sind, was ich einem Menschen am ehesten verzeihen kann – Untreue, Geschwätzigkeit und Denkfaulheit sind so was von weit übler –, habe ich mich bei solchen Kuchenaktionen bisweilen schon über mich selbst geärgert, einfach, weil mir manche alten Kommunisten menschlich angenehm sind. Was finde ich bloß an denen? «Ungebrochenheit» ist doch Mumpitz; auch ein uneinsichtiger Vergewaltiger ist schließlich «ungebrochen». Schlimmer noch für mich: Würde ich nach dem deutschen Politiker gefragt, der mir am sympathischsten ist, müßte ich Lothar Bisky von der «Linken» nennen. Der Mann ist so nobel und sanft, daß man sich staunend fragt, warum er nicht mit Christiane Hörbiger verheiratet ist. Ist es eine Schwäche, Menschen zu mögen, die einer Partei angehören, die man ganz und gar nicht mag, oder eher eine Stärke? Aber Schwäche und Stärke – diese beiden lassen sich eh nur bei Gewichthebern zweifelsfrei unterscheiden.

Ich saß also in einer durch uralte Rohre preschenden Bahn und himmelte zwei fast ebenso alte Kommunisten an. Ja, ich himmelte! Sie waren dermaßen schön und gesund, daß ich selbst meinen blanken, himmelschreienden Neid auf ihre Schönheit und Gesundheit allmählich gesund und schön fand. Dabei war ich keineswegs krank. Nur allmählich ein bißchen unvernünftig und sentimental. Ich war nahe daran, mich vor das alte Ehepaar zu knien und zu rufen: «Sie! Hey, Sie! Sie Verkörperung des goldenen Menschenherbstes! Sie ungebrochene Gestalten! Wie stellt man es an, nicht zu zerbrechen? Warum sind Sie nicht zermürbt, warum kuschen Sie nicht vor dem Gang der Dinge? Wie haben Sie es ausgehalten, als offensichtlich kluge und humane Menschen, ein Rädchen in einem Aushorcherstaat zu sein? Ist es vielleicht – belehren Sie mich! – vollkommen egal, in was für einem politischen System man lebt, wenn man in Eigenruhe existiert und die Kraft zur Liebe hat? Ach, hallo, ich möchte fast so weit gehen, Ihnen ins Gesicht zu sagen: Ich verzeihe Ihnen die DDR! Niemand anderem würde ich die DDR verzeihen, ich tue das nur für Sie, ganz exklusiv wegen Ihrer schönen Haare und Ihrer alten, unbeirrten Liebe zueinander. Sprechen Sie, denn ich möchte hören, was Sie sagen! Oder finden Sie, ich überschreite die Kompetenzen eines Wildfremden? Finden Sie, daß sich gerade ein Mensch zu stark öffnet?»

Ich kam nicht dazu, diese Rede zu halten, denn plötzlich machte es KLAPP. Die kurze, einseitig zärtliche Begegnung mit jenem Ehepaar aus einer fremden Welt wurde jäh unterbrochen: KLAPP! Eine Fensterschließerin hatte sich ermächtigt. Immer wenn man gerade am schönsten dasitzt und seinen Phantasien bezüglich anderer Passagiere nachhängt, erhebt sich ein Fahrgast, stößt ein Fenster zu und erschreckt damit den ganzen Waggon. Meist ist es eine Frau, manchmal auch ein älterer Mann, ein Vorortbewohner der giftig vernörgelten Sorte, etwa einer, der die Zeitung «Der Nord-Berliner» liest. Das ärgste ist der Blick, den solche Leute nach vollbrachter Tat zur Schau stellen, jener Blick, der sagt: «Jaja, jetzt glotzen sie wieder alle. Diese Pfeifen! Aber wenn ich's nicht getan hätte, hätte es ja keiner getan! Irgendeiner mußte es doch tun! Es hat doch jeder gemerkt, wie sehr es gezogen hat. Aber statt daß mal einer danke sagt, glotzen sie alle wieder nur!»

Der deutsche Mensch zerfällt in Ost und West, um es mal mit einer sogenannten Stilblüte zu sagen, und nicht nur das: Er zerfällt auch in solche, die finden, daß es überall zieht, und in solche, die finden, daß es eigentlich niemals und nirgendwo zieht. Ich jedenfalls habe noch nie einen Zug bemerkt.

King Kong in Flip-Flops

Hin und wieder ist es vorgekommen, daß mir altgediente Mitstreiter die Zusammenarbeit verweigert haben. Ein Musiker, mit dem ich über mehr als 15 Jahre lang nicht ständig, aber immer wieder zusammenarbeitete, erklärte sich ca. 1982 nicht bereit, einen Songtext namens «Meine Freundin züchtet Würmer» zu vertonen, wobei mit Würmern eigentlich Maden gemeint waren. Man sollte sich nicht einbilden, daß ich ihm seine Kooperationsunlust damals übelnahm; ich sah rasch ein, daß das coupletartige Textchen ein schlimmer Schmarrn war, und heute bin ich ihm dankbar dafür, daß das Lied unkomponiert und somit unaufgenommen blieb; andernfalls müßte ich mich jetzt vielleicht bei Nacht und Nebel in einen entlegenen Wald schleichen, um, in möglicherweise frosthartem Boden, das Tonband zu vergraben, damit es nicht eines Tages, wenn seine Schöpfer selbst vergraben sind, als «previously unreleased» irgendwelchen «Komplettisten» um die Ohren gehauen wird. Zwar könnte man ein Tonband einfach im Backofen zerstören, aber die Vorstellung, daß sich Musiker nachts mit einem Koffer voll mißratener Tonaufnahmen und einer Schaufel in den winterlichen Wald schleichen und dort fluchend auf die harte Erde einhacken, wobei sie durch ganze Chöre von Edgar-Wallace-Käuzchen zwar nicht tätig grabend, aber stimmgewaltig unterstützt werden, empfand ich stets als reizvoll.

Dem nicht zustande gekommenen Lied war übrigens ein gewisser prophetischer Aspekt teilhaftig. Die junge Dame, die mit der Ich-Figur des Textes eine Wohnung teilte, in welcher sie die Würmer aufzog, wurde zu ihrem Tun durch einen weltverbesserischen Drang veranlaßt. Das Axiom weiterspinnend, daß neues Leben nur entstehen kann, weil altes Leben verwest, vertrat die Freundin die Auffassung, daß mehr Ehrenschriften über Pilze und Maden verfaßt werden sollten und daß Maden letztlich dazu ausersehen seien, die Welt von sämtlichen Unbilden, Kriegen und Krankheiten zu befreien. Das ist eine an sich vernünftige Gedankengrundlage für ein Chanson. Leider war die Idee handwerklich miserabel umgesetzt. Zwanzig Jahre nach der Niederschrift des Liedtextes hörte ich erstmals, daß bestimmte Maden tatsächlich und sehr erfolgreich bei der Wundbehandlung und der Therapie chronischer Hautkrankheiten eingesetzt werden. Es ist möglicherweise nur noch eine Frage der Zeit, bis Maden auch im Bereich der Konfliktbewältigung zeigen dürfen, was sie alles auf dem Kasten haben. Wenn wir nicht rauchen und ein bißchen auf unser Gewicht achten, werden wir es wahrscheinlich trotzdem nie erleben; vielleicht aber eben doch.

Vor kurzem erst bin ich erneut auf Ablehnung gestoßen. Bei einer Eisenbahnfahrt hatte ich, weil man sich ja nicht während der gesamten Reise nur darüber wundern kann, daß die Plastikverpackung des Kekses, den man im ICE zum Kaffee dazubekommt, ohne Werkzeug partout nicht zu öffnen ist, eine Skizze über einen kleinwüchsigen King Kong geschrieben. Der Entwurf war wirklich kein großes Tennis, nur eine Zeitvertreibsübung, in der es vorrangig darum gegangen war, Begriffe, die lautmalerisch Ähnlichkeit mit King Kong haben, z. B. Wigwam, plemplem, PingPong oder Bischof Tutu, zu einer nicht notwendigerweise sinnvollen Story zusammenzuballen. Später reichte ich die Skizze einem Zeichner, mit dem ich nun auch schon seit über zehn Jahren fruchtbringend vergesellschaftet bin. Der Zeichner sagte, diese Geschichte werde er zumindest vor seinem Tode auf keinen Fall zeichnen, denn sie sei nichts anderes als ganz und gar scheußlich. «Na, dann findet er sie halt scheußlich», dachte ich und war ihm nicht im mindesten böse, da er vollkommen recht hatte.

«Ich möchte aber dennoch wissen, wie die Geschichte geht!» kräht jetzt weithin der deutschsprachige Raum. Nun gut. Der deutschsprachige Raum, dieser freche deutschsprachige Raum, hat mich wieder einmal breitgeschlagen. Also: King Kong, in einer kurzwüchsigen Variante, etwa von der Statur eines sechsjährigen Knaben, im übrigen mit einem gutherzigen Wesen ausgestattet, spaziert eine x-beliebige Stadtstraße entlang. An seinen Füßen trägt er Flip-Flops. Es ist übrigens unangenehm, in Flip-Flops Treppen, insbesondere frisch feuchtgewischte Steintreppen, hinabzuschreiten, aber darum geht es hier nicht. Es kommen in der Skizze gar keine Treppen vor. Wo waren wir? Beim ollen King Kong, glaube ich: King Kong in Flip-Flops geht friedlich eine stufenlose Straße lang: ganz gute Einstiegssituation eigentlich. Aber nur Straße langgehen reicht leider nicht, bei uns Menschen ebenso wenig wie bei King Kong. Irgendwas sagen oder machen sollte der rundum dunkelhaarige kleine Herr eventuell schon. Daher deutet er auf eine stark bevölkerte Schankterrasse und sagt, zumindest in meiner im Eisenbahngerausche dahingekrakelten Skizze: «Hey ho, let's go. Heidschi bumbeidschi bumbum. Molto popelito setzt sich frechomat in Schankterrass und macht gluck gluck in die Abendsonn.» Das ist sprachlich halbwegs fürchterlich, zumindest keineswegs großmeisterhaft, majestätisch oder grandios. Ich hätte sicherlich noch daran gefeilt, wenn der Entwurf in die Produktion gegangen wäre. Jedenfalls begibt sich der kleine King Kong zu den Cafégästen auf die Schankterrasse, hält einem von ihnen einen häßlichen kleinen Kunststoffbehälter mit minderwertigen Minzbonbons unter die Nase und fragt höflich: «Möchten Sie ein ‹Tic Tac›? Es hat nur zwei Kalorien!»

Warum nun ausgerechnet «Tic Tac»? «Hubba Bubba» oder «KitKat» hätten sich doch ebensogut ins lautmalerische Konzept eingefügt. Aber abgesehen davon, daß diese Nährmittel deutlich mehr Kalorien haben, ist «Tic Tac» noch elendiger, es dürfte neben «Yogurette» oder «Würstchen Lunch Erbse» das allerelendigste der vielen elendigen Produkte in unseren Supermärkten sein. «Tic Tac» würde ich allenfalls kaufen, wenn ich zu einem Schnickschnackpicknick eingeladen wäre und etwas mitbringen müßte. Zudem erinnert mich «Tic Tac» an ein, man könnte sagen: bezauberndes Erlebnis dritten Ranges. Ich war mit der S-Bahn unterwegs. Mir gegenüber saß ein nettes männliches Liebespaar. Einer der Herren holte einen füllhornartig reichlich mit «Tic Tac» gefüllten «Tic Tac»-Behälter aus seiner Tasche und war drauf und dran, sich eines der grundalbernen Pfefferminz-Ellipsoide direkt aus der Box in den Rachen plumpsen zu lassen. «Oh, du hast noch ‹Tic Tac›!» rief daraufhin der andere. «Meine sind alle!» «Willste welche von mir ab?» fragte nun wieder der erste. «Mensch, wenn du so lieb wärst, fänd ich das super», lautete die Antwort seines Begleiters, welcher jetzt ebenfalls einen «Tic Tac»-Behälter hervorkramte, in dem, was den aufmerksamen Zeitzeugen nicht erstaunte, kein einziges «Tic Tac» mehr enthalten war. Der mit dem Überschuß an «Tic Tacs» begann nun, einen Teil seiner Bonbons in den leeren Behälter des anderen umzufüllen, was sich als ein anspruchsvolles Tun erwies, da zum einen die Spenderlöcher bei «Tic Tac»-Behältern von nur geringem Umfang sind und die Umfüllenden zum anderen hibbelig und aufgeregt waren und sich daher ungeschickt aufführten. Hin und wieder fiel ein «Tic Tac» auf den Waggonboden. «Paß doch auf, sonst kullern die alle durch den Zug, und dann hat keiner von uns beiden mehr eine Freude daran!» wurde mit sich nicht mehr klassischer Männlichkeit verpflichteten Stimmen gerufen und noch allerlei mehr. Ein Aufheben der über den Jordan gegangenen Bonbons wurde kategorisch abgelehnt, denn wer würde schon genau wissen, was sich in letzter Zeit für räudige Kampftölen mit eiternden Anusdrüsen in dieser Bahn gewälzt haben mochten.

«Das ist ja wohl die anrührendste schwule ‹Tic Tac›-Umfüllaktion auf diesem herrlichen Planeten!» dachte ich in meiner hin und wieder milden und duldenden Art, nicht berücksichtigend, daß ich bis dato noch keiner einzigen «Tic Tac»-Umfüllaktion beigewohnt habe, weder einer schwulen noch einer sich in traditionell anerkannteren Lebensgemeinschaften zutragenden und schon gar nicht auf einem anderen herrlichen Planeten. Auf jeden Fall: Danke für die erfrischende Unmännlichkeit, ihr beiden munteren Herren, oder, wie Frauen um die siebzig sagen: Das war wirklich tip-top!

Allerdings denke ich angesichts einer in Berliner Verkehrsmitteln häufig zu beobachtenden Gepflogenheit immer wieder: Lieber würde ich tot umfallen als mit einer Bierflasche in der Hand in die S-Bahn einsteigen. Das gleiche könnte ich über öffentliches «Tic Tac»-Lutschen äußern. Wer so etwas sagt, sollte allerdings darauf achten, das mit dem Totumfallen redensartlich und nicht wortwörtlich aufzufassen, denn in der wortwörtlichen Realität würde man freilich durchaus viel lieber mit einer Bierflasche in eine S-Bahn einsteigen als tot umfallen. Möglicherweise wäre man im ersten Moment des Umgefallenseins noch nicht vollständig tot, und einer der Flaschenbiertrinker oder «Tic Tac»-Genießer aus der S-Bahn würde irgendeinem zufälligen Dritten mit den Worten «Halt mal eben» seine Flasche oder «Tic Tac»-Box reichen und einem eine stark geruchsbegleitete Mund-zu-Mund-Beatmung aufnötigen. Hilfsbereit sind die Leute ja doch meistens.

Doch sollten wir unseren kleinen King Kong nicht in Vergessenheit geraten lassen. Er hat sich, wir erinnern uns, zu einer Schankterrasse begeben und hat den dort ansässigen Biertrinkern mit dem Hinweis auf die lediglich zwei Kalorien eine der nun bereits übermäßig oft erwähnten Pastillen angeboten. Die behelligten Zecher geraten in eine Diskussion: «Nur zwei Kalorien? Ich bin verblüfft! Ich dachte eigentlich, ein ‹Tic Tac› hätte 31 Kalorien!» meint einer, worauf ein anderer fortfährt: «Ich hingegen meine, in zahlreichen internationalen Publikationen gelesen zu haben, ein ‹Tic Tac› habe genau 37 Kalorien!», und ein dritter resümiert: «Ob 31, 37 oder vielleicht auch 41, ist doch egal. Sicher ist, es war eine Primzahl.» Die Einwände der soeben vorgeführten Herren sind ganz gewiß ironisch gemeint. Daß ein «Tic Tac» nur zwei Kalorien hat, dürfte in unseren Breiten unter sämtlichen Zahlentatsachen bzw. Zahlenbehauptungen die allerbekannteste sein. Fragt man Menschen, wie viele Einwohner Deutschland hat und aus wie vielen Bundesländern es sich zusammensetzt, wird man wesentlich mehr Achselzucken und falsche Antworten erhalten als auf die Frage, wieviel Kalorien ein «Tic Tac» habe. Dabei gibt es, weiß Gott, interessantere Zahlen. Es wurde z. B. medial verkündet, daß jeder Deutsche im Schnitt zweieinhalb Tonnen Möbel besäße, 30 Prozent mehr als unsere europäischen Nachbarn. Man würde sich gern ausmalen, anhand welcher meßtechnischen Methoden diese Werte ermittelt wurden, zuvor jedoch muß man sich ausmalen, wie es mit King Kong weitergeht: Etwas überfordert von dem Umstand, daß er an einen Tisch mit plump ironischen Mathematikern geraten ist, geht er zum nächsten und bietet auch dort seine Bonbons an. Jetzt bekommt er es mit Grobianen zu tun. Der eine sagt: «Der ist doch plemplem!» Sein Nachbar ergänzt: «Gehört nach Sing Sing!» (Gemeint ist das berühmte Gefängnis im US-Bundesstaat New York.) Zum Schluß ruft einer der Mathematiker vom Nebentisch beschwichtigend herüber: «Mannomann! Macht doch nicht so ein Tamtam wegen eines King Kong in Flip-Flops, der euch ein ‹Tic Tac› anbietet!» Ende. Niemand wird dem Zeichner einen Vorwurf machen wollen, daß er diese beständig erlaschende Szene nicht zeichnen wollte. Ich hätte sie auch nicht gezeichnet. Sie aufzuschreiben war hingegen, wie soll ich sagen? –, «relativ okay», wie man, sofern ich mich nicht irre, durchaus sagen kann.

Oh doch!

EINE gescheite Cocktailbar-Wirtin sagte einmal, als sie einer allgemein geläufigen, gastronomische Wirte scheltenden Redensart besonders überdrüssig war: «Wer nichts wird, wird Gast.» Ein anderer sagte: «Wer nichts kann, schreibt Kriminalromane», und ich füge hinzu: Wer auch das nicht kann, schreibt ein Lexikon. Zumindest scheint es heute so. Was liegt nicht alles in den Buchhandlungen aus: Lexikon berühmter Hunde, Lexikon der Frauenmörder, Lexikon häßlicher Wörter, Lexikon der überflüssigen Dinge usw. Es werden Stichwörter gegoogelt oder aus dem Zettelkasten geholt, alphabetisch angeordnet, und unter jeden Eintrag schreibt der Autor, was ihm dazu einfällt – als Lexikon gilt heute jede halbwegs spritzig kommentierte Liste dessen, was einen Autor gerade «irgendwie nervt».

Wann das wohl angefangen hat mit diesen Schmöker-Enzyklopädien für den Strandurlaub? Ich vermute, Ende der achtziger Jahre, als eine seither beständig steigende Flut von Verzeichnissen «populärer Irrtümer» in Erscheinung zu treten begann. Mittlerweile sind diese Publikationen stark spezifiziert worden: Lexikon der Erziehungsirrtümer, der medizinischen Irrtümer, der Mißverständnisse hinsichtlich von Hunden, Katzen, Aktien und so weiter und so immer wieder weiter. Summa summarum wird mitgeteilt: Alles, was im Volke gemeint, gefunden und gesagt wird, stimmt überhaupt nicht! Diese Irrtumsberichtigungsliteratur ist inzwischen ein bedeutender Wirtschaftszweig, und weil Wirtschaft immer interessant ist, befassen wir uns ein wenig damit. Welchem höheren Zweck dienen diese Bücher? Vielleicht nur dem, daß Leute, die sie lesen, auftrumpfende Gespräche führen können mit Leuten, die sie nicht lesen? Das folgende in etwa?

«Ich war gestern abend bei ‹Fitness Company›, und mir tun noch jetzt alle Glieder weh. Diese verdammte Milchsäure!»

«Beste Freundin! Sie sind also tatsächlich noch immer der überkommenen Meinung, Muskelkater würde von einer Übersäuerung des Muskels durch Milchsäure herrühren? Das hat meine Tante, die bereits 1971 in leider sehr kümmerlichen Verhältnissen starb, uns Kindern auch immer erzählt, aber das ist doch naiver Marktweiberglauben, der inzwischen *längst widerlegt* ist! Wie kommen Sie denn auf die, Verzeihung, doch ein wenig lächerliche Idee, Sie hätten Milchsäure in Ihren Waden? Sie haben schließlich keine Kuh im Bein! Ich will hier nicht abschweifen, aber dieser Tage sah ich einen kanadischen Spielfilm, in dem die großartige Isabella Rossellini eine beinamputierte Brauereibesitzerin spielt, die eines Tages von einem Verehrer gläserne Beine geschenkt bekommt, mit Bier gefüllte gläserne Beine sogar, worüber sie sich natürlich freut. Anschließend sucht sie ein Musiklokal auf, um darin zu tanzen mit ihren Bierbeinen, die allerdings aufgrund der schneidenden Klänge eines Streichinstrumentes bald bersten, wonach die arme Frau in den Scherben ihrer Beine daliegt und gar nicht mehr so fröhlich dreinschaut. Nun ja, biergefüllte Glasbeine mag sich gerade noch ausdenken können, was ein mit allen Wassern gewaschener Kultfilmregisseur ist, aber Kühe in den Beinen – das wäre doch ein bißchen arg ‹hirni›, wie wir früher sagten. Also vergessen Sie mal schön Ihre Milchsäure. Es ist mittlerweile *hinlänglich bewiesen*, daß man Muskelkater deshalb bekommt, weil man vor und nach dem Sport zuwenig Wasser getrunken hat.»

«Ach so! Wußt ich gar nicht! Aber tut mir leid wegen der Frau mit den zerborstenen Bierbeinen bzw. eigentlich eher wegen Ihrer Tante! Haben Sie eigentlich die Leiche gesehen?»

«Ja, habe ich. Sie war meine erste Leiche. Für ein Kind ist es übrigens gar nicht so schlimm, eine Leiche zu sehen. Ich weiß noch, wie meine Mutter zu mir sagte: ‹Tante Bertha ist jetzt woanders›, und ich erwiderte: ‹Wieso woanders? Da liegtse doch, nur tot halt!›»

«So schlagfertig waren Sie als Kind? Kaum zu glauben! Sagen Sie mal: Hatten Sie Gelegenheit, zu beobachten, wie die Haare und Fingernägel Ihrer toten Tante gewachsen sind? Die wachsen doch immer noch ein paar Tage nach dem Tode!»

«Aber das ist doch ein inzwischen vielhundertfach

korrigierter Volksglaube! Bei Toten wächst natürlich nichts mehr. Dem unbeleckten Beobachter scheint es lediglich so, weil die Haut der Toten austrocknet und Haare und Nägel mehr rausgucken als bei uns Lebenden.»

«Was Sie alles wissen! Aber sosehr ich Ihnen vertraue, ich schlage lieber zu Hause noch einmal nach. Sie wissen schon: Vertrauen gut, Kontrolle besser. Wie schon Lenin sagte.»

«Hahaha! Hahaha-haha! Ha! Das hat man Lenin doch nur posthum in den Mund gelegt, um ihn als bürokratischen Prästalinisten zu brandmarken! Sämtliche Lenin-Museen und -Mausoleen des Planeten werden bestätigen, daß diese angeblich Leninsche Ellipse *nirgendwo belegt* ist. Wollen Sie übrigens wissen, welche berühmten Martin-Luther-Sätze Martin Luther niemals gesagt hat?»

Nein, wollen wir ausnahmsweise mal nicht und vermuten vielmehr, daß nach gut fünfzehn Jahren flotter Mißverständnisbereinigung eine gewisse Marktsättigung erreicht sein sollte. Was mich am Irrtumsbuch-Boom stört, ist übrigens nicht die Rechthaberei, auch nicht die große Wahrscheinlichkeit, daß alte Irrtümer lediglich durch neue Irrtümer ersetzt werden. Rechthaberei hat ein schlechtes Image, aber eigentlich handelt es sich hier um einen häßlichen Namen für etwas im Kern Gutes. Als Moses oder Papst Gregor oder vielleicht auch Bertolt Brecht – die Irrtumsszene weiß bestimmt, wer genau es war – die Namen der sieben Todsünden auf eine gewaltige Steintafel schrieb, hat er die Rechthaberei nicht etwa weggelassen, weil er des Meißelns überdrüssig wurde, sondern weil sie kein großes Laster ist. Von sogenannten Dahergelaufenen will zwar niemand korrigiert werden, und auch ein heiteres Geplauder anläßlich eines schönen Abendessens wollen wir uns nicht von Rechthaberei vergällen lassen. An anderem Ort mag sie ein Segen sein. Das Internet verdankt der Rechthaberei seinen menschheitsdienlichsten Aspekt, nämlich die Wikipedia. Was mich allein stört, ist die massenhafte Nachahmung einer Erfolgsformel im volkstümlichen Sachbuchsektor.

Der schieren Abwechslung wegen kündige ich an, nächste Woche einen gewaltigen Schinken zu schreiben, der heißt «Oh doch! *Lexikon des wiederhergestellten Glaubens*». In einige Auszüge darf schon jetzt hineingeschnuppert werden:

Sie glauben, der Satz «Nach dreitausend Schuß ist Schluß» sei nicht mehr als eine wurmstichige Moralkeule? Ist er aber keineswegs. Beim dreitausendersten Versuch ist kein einziges Tröpfchen mehr herauszuwringen! Müssen Sie nur mal ausprobieren! Wenn Sie nun sagen, bei Ihnen wäre durchaus noch mancherlei herausgekommen, haben Sie sicherlich falsch gezählt. Darüber hinaus hat Yoko Ono die Beatles zerstört, und wer nicht täglich Küche und Bad mit Domestos desinfiziert, dessen Kinder bekommen Lepra. Selbstverständlich müssen Säuglingen Bernsteinketten um den Hals gewickelt werden, damit sie gut zahnen, und Schnittblumen halten viel länger, wenn man Aspirin ins Blumenwasser gibt. Sie glauben, wer im dunklen Zimmer fernsieht, erblinde keineswegs? Oh doch! Man erblindet durchaus, und die moderne elektronische Tanzmusik wäre ohne die Pionierarbeit der Gruppe «Kraftwerk» völlig undenkbar! Es gäbe sie schlichtweg nicht. Die Chinesische Mauer kann man vom Mond durchaus gut erkennen, Hunde können sie vom Mond aus sogar riechen, Spinat enthält extrem viel Eisen, Frauen müssen doppelt so gut sein wie Männer, wenn sie beruflich Fuß fassen wollen, und freilich sind Adam und Eva vor genau 6000 Jahren auf Dinosauriern aus der Arche Noah herausgeritten und haben die Grundlage zu allem geschaffen, was es jetzt gibt auf der Welt.

Diese Berichtigung allerdings propagiert bereits die Hälfte der US-Amerikaner. Ich glaube daher, ich brauche das dicke Buch «Oh doch!» doch nicht zu schreiben.

Hab eh Besseres zu tun.

Unsere traurige technische Zukunft: Lupen und Taschenlampen

IMMER wieder verspüre ich das Bedürfnis nach einer Brille, und zwar ein rein optisch begründetes, keinesfalls ein modisches. Zwar sind mir Leute namentlich bekannt, die bei Städte-Kurztrips die Destinationen danach auswählen, ob es am Zielort tolle Brillengeschäfte gibt, doch mein eigenes Verhältnis zu Brillen ist ungünstiger; es ließe sich zusammenfassen in der kurzen Formel: «Kommt Brille, kommt Sarg.»

Der Augenarzt meint, ich brauche eh keine.

Warum aber gibt es so vieles, was ich nicht lesen kann? Eine an sich leicht zu beantwortende Frage: Es liegt an der erstaunlichen Renaissance des Kleingedruckten, die wir seit etwa zwanzig Jahren erleben. Den Begriff «Kleingedrucktes» hat man früher nur in Zusammenhang mit unseriösen Vertragsklauseln gehört, heute wird man von Klein- und Kleinstgedrucktem regelmäßig in Bedrängnis gebracht. Man nehme nur einmal eine klitzekleine Dose Sauerkraut zur Hand. Wie geschwätzig sind doch die Etikettgestalter: daß man es mit einem Premium- oder Gourmet-Sauerkraut zu tun habe, welches mit feinsten Champagnern und Rieslingweinen in Berührung gekommen sei, Rezeptideen sind zu entdecken, Nährwerttabellen, ein piktographischer Hinweis auf die korrekte Entsorgung der Dose, die Telefonnummer einer Sauerkraut-Hotline, die Internetadresse sowohl des Herstellers als auch der «Arbeitsgemeinschaft Deutsche Sauerkrautstraße» und ein Preisausschreiben, bei dem man ein Wellness-Wochenende in Gesellschaft einer Sauerkrautkönigin in einem Romantik-Hotel gewinnen kann. Über was man sich mit der Sauerkrautkönigin unterhalten soll, steht überraschenderweise nicht auf der Dose, dafür aber Inhaltsangaben in etwa acht Sprachen und des weiteren vermeintlich wissenswerte Kleinigkeiten aus der Rubrik «Wußten Sie schon?» «Wußten Sie schon, daß bereits die alten Ägypter …?» «Wußten Sie schon, daß Madame Dubarry, die Mätresse Ludwigs XV., ihren strahlenden Teint einer allmorgendlichen Sauerkrautmaske verdankte?»

Und so weiter! Alles auf einer Papiermanschette von knapp Postkartengröße. Dabei möchte man eigentlich nur wissen, wie lange man das Sauerkraut durchkochen muß … nun, für solche Informationen gibt es ja heute das Internet.

Wie gern jedoch würde man auf der Hülle einer Spielfilm-DVD die Liste der mitwirkenden Schauspieler anstrengungslos lesen können! Die Schauspielernamen werden normalerweise wie auf Filmplakaten in einer übergrazilen, sehr eng stehenden Versalschrift gesetzt, die man auf dem Format einer DVD-Hülle kaum noch entziffern kann, besonders wenn die Lettern weiß auf den farblich unruhigen Hintergrund eines Fotos gestellt werden. Und was würde sich ein Hotelgast freuen, wenn er auf den ersten Blick, ohne Augenzusammenkneifen und Schräghalten, erkennen könnte, ob er das Fläschchen mit dem Duschgel oder dasjenige mit dem Haarshampoo in der Hand hält! Weiße Schrift auf einer durchsichtigen Flasche mit weißem Inhalt! Warum wird Menschen mit gesunden Augen ständig das Gefühl vermittelt, sie seien sehbehindert? Woher rührt die allgegenwärtige Unlesbarkeit? Sie rührt wohl daher, daß die Beschriftungen von Verpackungen und CD-Booklets auf großformatigen, bestens beleuchteten Computermonitoren entworfen werden, und zwar von gedankenlosen Jobbern, die sich einfach nicht die Mühe machen, ihre Designs auf die reale Produktgröße und die zeitweise doch recht abendlichen Lichtverhältnisse in normalen Wohnungen herunterzudenken.

Eine Lupe habe ich längst gekauft, wobei ich mir verfrüht seniorenhaft vorkam, doch benötigt man auch eine Taschenlampe, um sich in der heutigen Welt zurechtzufinden, denn es wird immer dunkler. Ich habe in den letzten Monaten mehrmals Leute gesehen, die in Berliner Lokalen mit Taschenlampen Zeitung lasen, und es handelte sich dabei keineswegs um jene Blindenrestaurants, über die es vor etwa fünf Jahren zahlreiche Medienberichte gab, sondern um altbekannte Sauflokale in sogenannten Szenevierteln. Ich sah auch schon Gäste seriöser Restaurants, die versuchten, mit Hilfe ihrer Handy-Display-Beleuchtung die Speisekarte zu studieren.

Außerdem sah ich kürzlich ein mit der Goldenen Palme von Cannes ausgezeichnetes rumänisches Abtreibungsdrama namens «4 Monate, 3 Wochen, 2 Tage». Es spielt im Bukarest der Ceauşescu-Zeit. Im DVD-Bonusmaterial erzählt der Regisseur, wie schwierig es im Rumänien des Jahres 2006 gewesen sei, Drehorte ausfindig zu machen, an denen sich noch die beklemmende Finsternis des Bukarests der achtziger Jahre darstellen ließ. Da dachte ich: «Verehrter Herr Mungiu» – so heißt der Regisseur –, «in Berlin könnte ich Ihnen Drehorte zuhauf zeigen, die sich zur Inszenierung einer Atmosphäre altkommunistischer Mangelbeleuchtung vorzüglich eignen würden!» Wo sind sie nur hin, unsere schönen alten Peitschenmastenlampen, die die Straßen meiner Jugend in gleißend weißes Licht tauchten? Muß man heute nach Las Vegas reisen, um sich einer anständig beleuchteten Straße zu erfreuen?

Die Vorreiterrolle in puncto neuer deutscher Dunkelheit haben freilich die Hotels eingenommen. Dort werden Gäste schon seit längerem in erster Linie als gefälligst verständnisvolle Partner von Einsparungsmaßnahmen betrachtet. Schon immer erforderte es einiges an Geduld und Experimentierlust, in Hotelzimmern herauszufinden, wie die oft zahlreichen Lichtschalter mit den diversen Leuchtkörpern korrespondieren, aber inzwischen lohnt es kaum noch, überhaupt auf einen Schalter zu drücken. Wenn es denn überhaupt noch welche gibt: In dem von Arabern betriebenen ehemaligen Düsseldorfer Traditionshotel Breidenbacher Hof zum Beispiel muß man sich, sollte man nachts einmal «rausmüssen», durch ein in den Nachttisch integriertes Touchscreen-Menü navigieren, um die Badbeleuchtung zu aktivieren, wozu ein Schlaftrunkener, den die Blase drückt, natürlich sehr viel Lust hat. Deckenbeleuchtungen gibt es so gut wie nirgendwo mehr, allenfalls ein paar kleinliche Spots von der Leuchtkraft eines Teelichts, und seit in den Tisch- und Stehlampen Energiesparleuchtmittel enthalten sind, hat man nur noch die Möglichkeit, sich mit einer Lupe ins Badezimmer zu stellen, sollte man einmal den Beipackzettel eines Medikaments lesen wollen. Oft ist es so dunkel, daß man Schwierigkeiten hat, die nicht selten an merkwürdigen Stellen befindlichen und farblich nicht abgehobenen Einschaltknöpfe der Flachbildfernseher zu finden; man steht da und begrabbelt den Fernseher wie ein aus der Übung gekommener Liebhaber, der nicht mehr genau weiß, wo bei seinem Gegenüber die interessanten Körperstellen sind. Lesen geht nicht mehr, fernsehen geht nicht mehr, eigentlich kann man nur noch munkeln in Hotelzimmern. Aber immer bloß munkeln? Es gibt ein wunderbares sächsisches Dialektwort für eine angenehme, heimelige Art von schwacher Beleuchtung. Es lautet «muschebubu». (Das «sch» weich aussprechen, wie in Jalousie.) «Hier ist es aber schön muschebubu», sagen die Liebenden, die in der hintersten Ecke des Leipziger Weinlokals Platz genommen haben. Ich erinnere mich auch einer Freundin, die beim Ausgehen besonders finstere Lokale bevorzugte, weil sie meinte, darin würde weniger auffallen, wie «fertig» sie aussehe. Der Geschäftsreisende jedoch liebt weder ein ewiges Muschebubu noch ein Schonlicht für «fertige» Frauen; er möchte sehen, ob er sich seine Krawatte bekleckert hat, und er möchte mühelos die Beschriftung der Tasten des Zimmertelefons erkennen. Man hüte sich davor, ohne Taschenlampe zu reisen. Oder sollte man versuchen, künftig mehr privat unterzukommen, bei konspirativen Freunden eines kräftigen klassischen Birnenlichts? Ich allerdings habe schon angekündigt, daß mein Gästezimmer demnächst nicht mehr zur Verfügung steht, weil ich darin althergebrachte Hundert-Watt-Birnen zu horten beabsichtige. Sollte ich in absehbarer Zeit in gehobene Kreise eingeladen werden, werde ich statt der üblichen Kiosk-Orchideen und Ingwer-Grüntee-Pralinen Präsentpackungen mit 24 hübsch in Purpursamt gelegten Glühbirnen als Gastgeschenk reichen, und die anderen Gäste werden nicht schlecht staunen, wenn die schönste Frau des Saals den Eröffnungswalzer ausgerechnet mit mir tanzt, unter dem Schein der vielen, von mir persönlich mitgebrachten Prachtbirnen aus der hellen alten Zeit, in der wir lebten, bevor der große Lichtgeiz kam.

Am 23. November 2008 nahm Max Goldt auf Empfehlung (oder auf Geheiß?) von Daniel Kehlmann, dem Vertrauensmann der Jury, der auch die Laudatio hielt, im «Berliner Ensemble» den Kleist-Preis entgegen. Max Goldt hielt anschließend folgende Erwiderungsrede:

Sehr geehrte Damen und Herren, geschätzte Vorredner, Majestäten, Exzellenzen, Freunde und Präsidenten, Fremde und Magnifizenzen!

Es gibt ziemlich gute Gründe, manch einen Preis nicht anzunehmen, seien es entwürdigende Programmpunkte bei der Verleihungszeremonie, seien es fragwürdige Leute in der Liste der vorherigen Preisträger, schwatzhafte Liedermacher etwa, oder sei es auch nur die Befürchtung, daß man durch die Annahme des Preises in ein Establishment einheiratet, aus dessen Würgegriff man sich späterhin nicht mehr befreien kann. Ebenfalls nicht zur Ehre gereichen Preise, die reine Marketing-Instrumente einer Stadtverwaltung oder der Verlagsbranche sind.

Etwas ganz anderes ist der Kleist-Preis. Der wird weder vom Heilbronn-Marketing noch von Frankfurt an der Oder verliehen und auch nicht von Hamm in Westfalen, welches sich neuerdings ebenfalls als Kleist-Stadt zu fühlen scheint, sondern von einem schicken, spinnenumwobenen, von natürlich sehr schicken Spinnen umwobenen Traditionsgremium.

Wer den Kleist-Preis bekommt, der macht ein Gesicht, als ob er gerade besonders gut gegessen hätte, und Leute, die sich auskennen, raunen ihm zu, daß dies eigentlich der feinste aller Preise sei, feiner gar noch als jener andere ganz tolle Preis, derjenige, den Insider den B-Preis nennen, der allerdings inzwischen etwas überpolitisiert sei und daher gar nicht mehr so fein, jedenfalls verglichen mit dem Kleist-Preis. Peinliche vorherige Preisträger habe ich beim Kleistpreis keine gefunden, zumindest keine, deren Peinlichkeit mir bekannt ist. Hermann Essig und Paul Gurk kenne ich gar nicht, ihre Namen klingen auch etwas ausgedacht, genauer gesagt: wie von Dr. Erika Fuchs ausgedacht, wenigstens, wenn man sie nebeneinanderstellt. Immerhin kenne ich Agnes Miegel, die Preisträgerin des Jahres 1916. Sie war die Lieblingslyrikerin der Schwiegermutter der Schwester meiner Mutter, und wenn grüne und blaue Liköre gereicht wurden, gab sie gern einige ostpreußische Verse von Agnes Miegel zum besten. Hermann Essig und Paul Gurk jedoch sind unbemerkt an mir vorbeigegangen, was wohl daran liegt, daß ich mich in der Literatur nicht besonders gut auskenne. Von Marcel Reich-Ranicki stammt das Diktum, daß Schriftsteller von Literatur soviel verstehen wie Vögel von der Ornithologie. Ich glaube, das stimmt im allgemeinen. Es gibt bewundernswerte Ausnahmen von dieser Regel. Daniel Kehlmann ist so eine Ausnahme. Ich bin keine.

Und das, obwohl ich als älteres Kind und jüngerer Jugendlicher regelmäßig die Stadtbüchereien aufsuchte, wofür man damals übrigens noch nicht so schräg angesehen wurde wie Lisa Simpson. Was ich dort mitnahm, war allerdings selten Belletristik, ich lieh mir lieber Sachbücher aus. Wenn nichts anderes vorhanden war, griff ich sogar zu Werken über Orgelbau oder Zinnsoldaten, im allgemeinen jedoch bevorzugte ich die Biologie, und hier wiederum schätzte ich die Botanik mehr als zum Beispiel die Ornithologie, aus dem sehr praktischen Grunde, daß Pflanzen stehenzubleiben pflegen, wenn sich ein prüfendes Auge und eine rupfende Hand ihnen nähern.

Mein Berufswunsch im Alter von 14 Jahren war Botaniker, genauer gesagt Taxonom, also Artenbestimmer. Meine Biologielehrerin riet mir damals davon ab, weil sie meinte, allmählich seien alle Arten bestimmt. Wenn die Frau wüßte, was auch heute noch alles immerfort entdeckt wird. Von den zum Beispiel 1,2 Millionen Pilzarten, deren Existenz vermutet wird, sind erst ein Zehntel beschrieben. Also hätte ich als Taxonom allerlei zu tun, bin allerdings nicht unglücklich darüber, daß ich keiner geworden bin, denn wer bezahlt eigentlich einen Taxonomen? Man entdeckt einen neuen Pilz, fotografiert und beschreibt die Art nach dem aktuellen Stand der Kunst, aber wem schickt man die Rechnung? Dem Bundespräsidenten vielleicht? Aber was ist, wenn der sagt, Deutschland braucht zwar Zeit für gemeinsames Nachdenken über Deutschland, einen Ruck, einen Knuff und einen Puff in die Seite, leider aber keinen neuen Pilz, und alle Mahnungen ignoriert?

Es ist gut, kein hungernder Taxonom zu sein. Mein naturwissenschaftliches Interesse ist sowieso stark in den Hintergrund getreten, seit ich vor gut dreißig Jahren nach Berlin zog und meinte, ich müsse mich dort irgendwie künstlerisch betätigen. Alles habe ich jedoch nicht vergessen, und noch heute staune ich nicht selten über die biologische Kenntnislosigkeit von Leuten, die man an sich mit gutem Recht als gebildet oder gar intellektuell bezeichnen möchte.

Besonders gern entsinne ich mich, wie ich mit einem ausgesprochen scharfsinnigen homme de lettres aus traditionsreicher Bildungsbürgerfamilie in Litauen über einen Friedhof spazierte und folgendes erläutert bekam: Möhren seien Nachtschattengewächse und ihre oberirdischen Teile deshalb giftig.

Ich bin menschlich fast zusammengekracht über soviel Durcheinandergebrachtes in einem kurzen Satz, wahrte jedoch die Fassung und erwiderte: «Mein Bester, könnten Sie es vielleicht einrichten, mir lieber etwas über Dante oder Shakespeare zu berichten als über die oberirdischen Teile von Möhren?»

Es drängt sich mir auf, an dieser Stelle eine Begebenheit im Hause Walter Kempowskis in Erinnerung zu bringen, die ich bereits in einem anderen Text erwähnt habe, hier aber bestens paßt:

Walter Kempowski veranstaltete regelmäßig Literaturseminare in seinem Haus, welches über ein großes Fenster verfügte, durch das man in den Garten schauen konnte, in welchem sich, wie eigentlich auf jeder freien Fläche in jeder Stadt und jedem Dorf in Europa, gewisse Mengen von Rabenkrähen einzufinden pflegten. Vögel, die eigentlich allen Menschen, die sehen oder auch nur hören können, bekannt sein müßten. Trotzdem hätten sich, so Kempowski, regelmäßig Literaturkenner mit der Frage zu Wort gemeldet, was denn da draußen für schwarze Vögel herumsäßen und -flögen.

Vielleicht hat Kempowski anekdotisch übertrieben, aber der von mir vermutete Wahrheitsgehalt der Anekdote stimmt mich etwas traurig. Ich glaube, der Welt wäre gedient, wenn sich die Gebildeten, die auf ihr herumspazieren, etwas weniger für Literatur interessierten und etwas mehr für Ornithologie und alle anderen Naturwissenschaften.

Daß die Menschen bald einen simplen Spatz nicht mehr erkennen und somit zu würdigen wissen, scheint noch eine übertriebene Prophezeiung zu sein, aber die allgegenwärtigsten Pflanzen, den Weißen Gänsefuß etwa, die erkennen sie schon lange nicht mehr.

Vor zwei Jahren hat Daniel Kehlmann in seiner Dankesrede zum Kleistpreis recht beiläufig erwähnt, daß in den Texten von Kleist die Natur nicht vorkomme. Das ist auch mir aufgefallen. Es geht immer nur um Menschen. «Ja und?» erwidern nun die Menschen plausiblerweise, «was gibt es denn Wichtigeres als uns? Wir sind doch die immer Leidenden! Es geht um uns! Um Mitgefühl, um Solidarität! Soll man etwa mit Rabenkrähen oder dem Weißen Gänsefuß solidarisch sein?» Ich billige diesen Einwand herzlich.

Auch ich bin ein Mensch und mag es, ich fühle mich gut angefaßt, wenn ein anderer sagt, er erkenne meine Sorgen. Aber kennen Sie das von Zarah Leander gesungene Lied «Ich kann ganz ohne Menschen sein»? Ich bin kein Misanthrop, sondern lediglich ein alter Öko. Ich will alles: Tiere, Pflanzen und Menschen, und gelegentlich will ich auch mal keine Menschen, zum Beispiel in der Literatur: Eines der aufregendsten Leseerlebnisse meiner späten Jugend war eine von Adalbert Stifter verfaßte, etwa vierseitige Beschreibung eines Rosenstocks. Ich war absolut baff und konsterniert, daß ein Mensch in der Lage ist, so etwas aufzuschreiben. So etwas findet sich bei Kleist nicht. Bei mir leider auch nicht. Ist Kleist also der Vater der deutschen Natur-Ignoranz? Wie dumm wäre es, so etwas zu sagen! Kleist vorzuwerfen, in seinen Texten würden nicht genügend Pflanzen und Tiere vorkommen, wäre etwa so impertinent, wie mir vorzuwerfen, ich würde keine Romane schreiben und keine Interviews geben.

Der Künstler ist doch wohl der letzte Souverän, der einzige, der machen darf und kann, was er will und muß.

Sollte aus meinen letzten Zeilen hervorgeklungen sein, ich würde die Literatur nicht schätzen, so muß ich mich mißverständlich ausgedrückt haben. Ich leide bloß seit Jugendjahren an einer Konzentrationsschwäche beim Lesen längerer literarischer Texte. Selbst wenn mich ein Buch interessiert, und mich interessiert vieles, bekomme ich schnell einen Überdruß an all den vielen Buchstaben und will etwas anderes sehen als Buchstaben. Für solche Aufmerksamkeitsdefizite gibt es heute modische dreiteilige englische Fachbegriffe mit entsprechenden Abkürzungen, und man kann Pillen dagegen nehmen. Ehe man sich jedoch tablettenabhängig macht, nur um «Die Strudlhofstiege» lesen zu können, sollte man bedenken, daß eine naheliegende, unschwer ergriffene Alternative zur Tablettensucht in der Nichtlektüre der Strudlhofstiege besteht. Es ist zwar schade, daß ich wahrscheinlich nie den «Mann ohne Eigenschaften» lesen werde, aber richtig schlimm ist es doch wohl auch nicht.

Zumal sich die Konzentrationsschwäche auf Lektüre beschränkt. Ich kann ohne weiteres längeren Musikstücken folgen, auch klassischen, und zeige mich bei Gesprächen nicht übermäßig zerstreut.

Ich gehöre also nicht zu den leider zahlreichen Menschen, die anderen immerfort Fragen stellen, aber nicht zuhören, wenn geantwortet wird.

Warum ich, obwohl ich schlecht lesen kann, begonnen habe zu schreiben, kann ich nicht gut sagen. Weiß nicht – hat sich so ergeben. Spät hat es sich ergeben: Als ich mein erstes Stück verfaßte, das über einen Songtext, ein Gedicht oder einen Sketch hinausging, war ich knapp dreißig.

Ich dachte wohl: Mal sehen, ob es möglich ist, der Neigung meines Temperaments zum Schieben einer ruhigen Kugel für ein, zwei Tage einen Riegel vorzuschieben und dem ständigen Gedankengang, an dem ich mich meist erfreue, selten auch mal leide, einen irgendwie gearteten Prosaklumpen abzutrotzen. Das Stück hieß «Zehn hoch achtundfünfzig», und es ging darin, soweit ich mich entsinne, ums Universum und um meine Hose. Genaueres kann ich nicht sagen, denn ich würde schwitzen wie nach dem Genuß eines stark gewürzten asiatischen Gerichtes, wenn ich mir den Text noch einmal anschauen müßte.

Was ich danach geschrieben habe: auch schwer zu sagen, doch glaube ich, unter anderem einen hoffentlich verzeihlichen Hang zu hoffentlich nicht allzu platter Gesellschaftskritik entwickelt zu haben, wobei ich Gesellschaftskritik nie mit System- oder Regierungskritik verwechseln wollte, denn Gesellschaftskritik, die das Grölen von Fußballfans in Bahnhöfen ganz unerwähnt läßt, ist keine.

Neulich fragte mich ein Bibliothekar, der vor einer Lesung einleitende Worte sprechen wollte, ob es unter den folgenden drei Begriffen welche gebe, mit denen ich mich gar nicht identifizieren könne: Satiriker, Kultautor, Kolumnist. Ich erwiderte, unbedingt in diese Reihe gehöre auch der Alltagsbeobachter.

Der Alltag ist eine inzwischen etwas abgenutzte essayistische Kategorie – ich wußte nie genau, was damit eigentlich gemeint ist. Als ich einmal in Definitionslaune war, sagte ich, unter Alltag sei heutzutage wohl so etwas wie die gleichzeitige Abwesenheit von großer Liebe, Weihnachten und Krieg zu verstehen.

Mehr als am Alltag allerdings stoße ich mich am Beobachter: Ein Beobachter ist doch jemand, der auf der Lauer liegt, mit einem Fernrohr oder einer Zeitung mit Loch drin. Einem Ornithologen oder einem Detektiv wird man zugestehen, daß sie zu beobachten haben; ich aber beobachte nicht gern.

Ich nehme wahr, was geschieht, gucke aber auch gern einmal weg, wenn das Personal des Alltags allzu schnöde meine Wege säumt. Noch nie bin ich irgendwo extra hingegangen, um später darüber schreiben zu können. Man muß doch nicht seine Nase an jeder Schaufensterscheibe plattdrücken, um zu erfahren, was das Leben feilbietet. Wer seine Sinne pflegt und sie nicht mit zuviel Drogen, zuviel Lärm oder zuviel Lektüre malträtiert, dem zeigt sich das Leben von ganz allein.

Nun zum Satiriker. Von jemandem so genannt zu werden, der sich mit der Entwicklungsgeschichte des sehr historischen Begriffs Satire befaßt hat, ist gewiß nicht beleidigend. Ich habe jedoch überwiegend im 20. Jahrhundert gelebt, und in dieser Zeit zeigten sich die Satiriker oftmals als verquälte und bittere Gestalten.

Ich erinnere mich, daß ich als Jugendlicher in der Stadtbücherei einen Band mit Schriftstellerporträts anschaute, worin ich ein Foto eines mürben und sehr enttäuschten älteren Herrn sah. Darunter stand: Der Satiriker Erich Kästner. Da dachte ich ungefähr dies: «Satiriker zu sein ist offenbar anstrengend und gesundheitsabträglich.» Heute weiß ich natürlich, daß es vor allen Dingen täglich 120 Zigaretten waren, die das schlechte Aussehen von Kästner bewirkten. Ich erinnere mich auch an mehrere Talkshow-Auftritte von Ephraim Kishon, bei denen er sich als frauenfeindlicher Reaktionär präsentierte, der ungefragt mit seinen Millionenauflagen und den vielen Sprachen prahlte, in die seine Bücher übersetzt worden sind. Der einzige Satiriker, den ich persönlich recht gut kannte und schätzte, war Robert Gernhardt, welcher allerdings selbst mit der Bezeichnung Satiriker haderte. Man sollte seinen sehr guten, leider recht wenig bekannten Aufsatz «Warum ich nicht gern Satiriker bin und mich nur ungern als solchen bezeichnet sehe» lesen, um zu verstehen, aus was für Gründen jemand diesen Begriff nicht mag.

Ein weiterer Grund: Satiriker ist heute nicht selten auch ein Etikett, das Gesellschaften ihren Kritikern anheften, um sie in unterhaltsame Bedeutungslosigkeit zu entlassen. «Wer ist es denn, der diese scharfe, zutreffende

Kritik geäußert hat?» fragen sie und sagen dann: «Ach, ein Satiriker! Na, dann ist es ja was zum Schmunzeln!»

Mit einer anderen Art von Uneinverständnis begegne ich der Bezeichnung Kolumnist. Alfred Hitchcock, nicht der völlig unbekannte Kolumnist Alfred Hitchcock, sondern der gleichnamige Regisseur, wird in Fernsehzeitschriften nach wie vor mit so schauderhaften Attributen wie «Grusel-Altmeister» oder «Gänsehaut-Spezialist» belegt, obwohl er niemals einen Horrorfilm gedreht hat. Schadet dies seiner Reputation als bester Regisseur aller Zeiten? Wohl kaum.

Ebenso wird es vermutlich mir nicht schaden, wenn ich dereinst als Kolumnist bezeichnet ins Grab sinke, obwohl ich nie eine Kolumne geschrieben habe. Kolumnen sind Meinungsbeiträge in journalistischen Medien, deren Autoren sich dadurch auszeichnen, daß sie unverhohlen nach Zustimmung ihrer Leser gieren. Da ich das nie gemacht und obendrein kaum jemals in einem journalistischen Umfeld veröffentlicht habe, hatte ich gehofft, der Leser würde die Ironie erkennen, als ich mich in den neunziger Jahren hin und wieder spaßeshalber selbst als Kolumnisten bezeichnete. Mein Rat an den rotwangigen Nachwuchs: Mit Understatement sollte man sparen. Es wird oft nicht richtig verstanden.

Kommen wir noch kurz zum Kultautor. Ein Kult müßte sich doch eigentlich in irgendwelchen kultischen Aktionen manifestieren, wie Geheimkongressen in Berghotels, oder wenigstens durch die Herausgabe kleiner Zeitschriften. Gäbe es solche Aktionen in meinem Fall, hätte ich im Laufe der Jahre eigentlich Wind davon bekommen müssen. Da war aber nie was. Die Tatsache, daß einige tausend Leute unabhängig voneinander in ihren Wohnungen sitzen und meine Texte lesen, ist gewiß erfreulich, aber kein Kult.

Ich sage dies mit einer Spur von Wehmut, denn eigentlich würde sich mein kleines Werk für kultisches Getue recht gut eignen. Wäre ich Kult-Autor, würde mir zumindest irgend jemand einen besseren Wikipedia-Eintrag schreiben. Seit Jahren steht da, ich würde mich dadurch auszeichnen, daß ich häufig die Ironie ironisierte. Wie das wohl geht: die Ironie ironisieren? Das würde ich gern einmal versuchen, aber würde es nicht langweilig werden, wenn man das häufig tut?

Nun, was ist denn unser Herr Preisträger für einer, wenn er nicht Kultautor und Kolumnist ist und Satiriker partout nicht sein will? Dem Finanzamt sagt der Herr Preisträger, er sei Schriftsteller, und privat sagt er auch, er sei Dichter, was aber eine heikle Auskunft ist, da in der Alltagssprache sonderbarerweise nur noch Lyriker Dichter genannt werden.

Schriftsteller bin ich also. Eigentlich auch kein richtig toller Beruf. Die Schriftsteller, die ich persönlich kenne, sind zwar beinahe allesamt auskömmliche und ruhigfeine Leute, aber unter den vielen, die ich erfreulicherweise nicht persönlich kenne, sind sonderbar elastische

Gestalten. Machen alles, was man ihnen sagt. Es ruft die Zeitung an: «Schreiben Sie doch mal 800 Zeilen über den Aspirin-Skandal im belgischen Königshaus!» Da sagt der Schriftsteller: «Ja gern, ich ess' nur noch schnell meine Nudeln auf, schreibe die Nacht durch und maile noch vor Morgengrauen.» Ruft das Schiller-Archiv in Marbach an und sagt: «Hey, wir machen hier gerade ein Schiller-Symposion mit ganz vielen Schiller-Experten, wollen Sie nicht auch kommen?» Fährt der Schriftsteller nach Marbach. Meldet sich das Literarische Colloquium zu Berlin und meint: «Wir haben hier eine Tante aus Afrika zu Gast, führen Sie mit der doch bitte mal eine Podiumsdiskussion über die Beschneidung weiblicher Genitalien.» Sagt der Schriftsteller: «Mach ich doch glatt.» Kommt's Fernsehen und sagt: «Für den Interviewbeitrag mit Ihnen brauchen wir noch ein paar Schnittbilder. Gehen Sie doch bitte mal neutral nach rechts blickend in den U-Bahnhof hinein, warten Sie dort bitte zwei Minuten und kommen Sie dann bitte erfreut nach links blickend aus dem U-Bahnhof heraus. Und danach gehen Sie bitte mit besorgtem Gesichtsausdruck fünf Minuten an der Spree entlang.» Der Autor pariert. Und was sieht man folglich drei Wochen später in «Titel, Thesen, Temperamente»? Schriftsteller geht in den U-Bahnhof, Schriftsteller geht an der Spree entlang. Brav!

Glauben heutige Schriftsteller eigentlich, man wird öffentlich ausgepeitscht, wenn man mal Nein sagt? Und können die ihren Arbeitstag nicht selbst gestalten? Ich fürchte bloß: So angesprochen, würden sie sich mit dem Hinweis auf das überstrapazierte Wort Professionalität rechtfertigen. Wenn sich einer mit diesem Ausdruck rausredet, sollte man sowieso stets nachfragen: Professionalität in bezug auf welche Profession? In bezug auf welche Profession ist es professionell, Rundfunksendern morgens um 8 Uhr 30 ein aller Wahrscheinlichkeit nach unbezahltes Live-Telefoninterview über den Zustand der SPD zu gewähren? Doch wohl höchstens in bezug auf den Beruf eines Mitarbeiters der Telefonauskunft. Jedenfalls scheint mir der heutige Allgemeinschriftsteller eine oft fremdbestimmte Erscheinung zu sein. Gibt es nicht einen berühmten Kleist-Text namens «Aus dem Leben der Marionetten»? Nein, gibt's nicht. Das war eine Fangfrage, ein Wachheits-Test. Der Kleist-Text heißt natürlich «Über das Marionettentheater». Ein nicht minder guter Film von Ingmar Bergman hingegen heißt «Aus dem Leben der Marionetten», und es geht darin überraschenderweise nicht um deutsche Schriftsteller.

Mit Kleist verbinde ich in meinem Langzeitgedächtnis übrigens weniger den Titel eines berühmten Werkes als einen Farbton und eine Zahl. Auf der dunkelroten 80-Pfennig-Briefmarke der Dauerserie «Bedeutende Deutsche» war Heinrich von Kleist abgebildet. Circa 1966 stand ich als Volksschüler oft vor dem Briefmarken-Schaukasten eines Postamtes und schaute mir die Köpfe der großen Deutschen an. Die Kleist-Marke galt zumindest in den Augen eines Achtjährigen als selten und schwer erreichbar. Der Achtjährige war darüber hinaus der festen Überzeugung, daß die Köpfe innerhalb der Serie nach dem Grad ihrer Bedeutung gestaffelt waren, weshalb Kleist also achtmal so wichtig sein mußte wie Albrecht Dürer, welcher die Zehn-Pfennig-Marke zierte.

42 Jahre später, am kalten Ostermontag des Jahres 2008, fragte mich Daniel Kehlmann, gebeugt über eine dampfende Schüssel mit brennend scharfem Mapo-Tofu, ob ich etwas dagegen hätte, den Kleist-Preis zu kriegen. «Paßt schon», sagte ich.

Zwischen dem Betrachten des Schaukastens in der Post und dem Mapo-Tofu-Essen mit Daniel Kehlmann bin ich kaum jemals von Kleist gestreift worden. 42 Jahre kein Kleist. Die Frage liegt nahe, ob ich nicht ein schludriges und bildungsfernes Leben geführt habe. In den letzten Monaten habe ich versucht, den falschen Lebensweg durch Kleist-Lektüre und Hörbuchanhörungen zu korrigieren. Was ich las und hörte, gefiel mir. Zu einem konkurrenzfähigen Kleist-Experten, der zu der großen Zahl bereits gehaltener Kleist-Reden eine weitere hätte hinzufügen können, bin ich dadurch nicht geworden, weswegen ich es für angebracht gehalten habe, etwas anderes zu erzählen. Vielen Dank!

EDITORISCHE NOTIZ

Vorläufige Versionen der im «Buch namens Zimbo» vereinigten Texte erschienen erstmals, oft unter anderen Titeln, im Frankfurter Monatsmagazin «Titanic», und zwar zwischen Oktober 2006 («Die 22 Tasten») und Juni 2009 («Die fünf Redner»).

Veröffentlicht im Rowohlt Taschenbuch Verlag,
Reinbek bei Hamburg, April 2011

Lektorat: Alexander Fest
Entwurf und Kalligraphie des Umschlags: Frank Ortmann
Typographische Innenausstattung: Martin Z. Schröder
Satz aus der Minion PostScript (InDesign)
bei Pinkuin Satz und Datentechnik, Berlin
Druck und Bindung CPI – Clausen & Bosse, Leck
Printed in Germany
ISBN 978 3 499 25569 4

MIX
Papier aus verantwortungsvollen Quellen
FSC® C083411
www.fsc.org

Das für dieses Buch verwendete FSC®-zertifizierte Papier
Lux Cream liefert Stora Enso, Finnland.